Pte Montmartre
Pte de Clignancourt
des Poissonniers
de la Chapelle
d'Aubervilliers
Pte de la Villette
BOULd de la Villette
MACDONALD
NEY
SACRÉ-CŒUR
SQUARE St PIERRE
N.D. DE CLIGNANCOURT
St BERNARD
Chapelle
GARE DU NORD
COLLÈGE ROLLIN
AVENUE TRUDAINE
Rue du Delta
NOTRE-DAME DE-LORETTE
Chateaudun
FOLIES BERGÈRE
Richer
Rue Bergère
POISSONNIÈRE
VARIÉTÉS
BOURSE
Paradis
St LAURENT
ABATTOIRS
GÉNÉRAUX
St CHRISTOPHE
DOUANE
JEAN JAURÈS
BUTTES-CHAUMONT
St GEORGES
Pyrénées
N-D DE LA CROIX
St JOSEPH
Ménilmontant
Père Lachaise
St EUSTACHE
HALLES
CENTRALES
BOURSE DU COMMERCE
Tple DE L'ORATOIRE
Rue St Honoré
MAGASINS DE LA SAMARITAINE
Chatelet
TOUR St JACQUES
St MERRI
Ste Croix de la Bretonnerie
Bambuteau
ARCHIVES NATLES
St AMBROISE
Voltaire
PLACE DES VOSGES
HÔTEL-DE-VILLE
Rivoli
St PAUL
St GERVAIS
COLONNE DE JUILLET
GARE DE VINCENNES
NOTRE-DAME
PARVIS NOTRE-DAME
HÔTEL-DIEU
Ste CHAPELLE
PALAIS DE JUSTICE
LA MONNAIE
HENRI IV
Pont Neuf
St SEVERIN
ODEON
MUSEE DE CLUNY
SENAT
LUXEMBOURG
SORBONNE
PANTHEON
VAL DE GRACE
OBSERVATOIRE
ARAGO
St LOUIS EN L'ILE
SEINE
GARE DE LYON
GARE D'ORLEANS
JARDIN DES PLANTES
LA SALPETRIERE
N.D. DE LA GARE
Gobelins
St MEDARD
MOSQUEE
BERCY

Maigret

Der 68. Fall

Georges Simenon

Maigret zögert

Roman

Aus dem Französischen von
Hansjürgen Wille, Barbara Klau
und Astrid Roth

Kampa

Die französische Originalausgabe erschien 1968 unter dem Titel
Maigret hésite im Verlag Presses de la Cité, Paris.
Die deutsche Erstausgabe erschien 1970 im Verlag
Kiepenheuer & Witsch, Köln.
Die Übersetzung wurde für die vorliegende Ausgabe
von Astrid Roth grundlegend überarbeitet.

www.kampaverlag.ch
Covergestaltung: Herr K | Jan Kermes, Leipzig
Coverabbildung: © Robert Doisneau / Gamma Rapho
Satz: Tristan Walkhoefer, Leipzig
Gesetzt aus der Stempel Garamond LT
Druck und Bindung: CPI books GmbH, Leck
Auch als E-Book und als Hörbuch bei DAV
ISBN 978 3 311 13068 0

I

Guten Morgen, Janvier.«

»Guten Morgen, Chef.«

»Guten Morgen, Lucas. Guten Morgen, Lapointe.«

Maigret musste lächeln, als er den jungen Lapointe begrüßte. Nicht nur, weil er einen neuen, perfekt sitzenden hellgrau melierten Anzug mit feinen roten Nadelstreifen trug. Alle lächelten an diesem Morgen, auf den Straßen, in den Bussen, in den Geschäften.

Der Vortag, ein Sonntag, war grau und stürmisch gewesen, mit kalten, winterlichen Regengüssen, und heute Morgen, beim Aufwachen, war der Frühling da, obwohl man erst den vierten März schrieb.

Die Sonne war noch etwas schwach, und das Blau des Himmels sehr zart, aber es lag Heiterkeit in der Luft, in den Augen der Passanten. Man freute sich des Lebens und genoss den herrlichen Duft des morgendlichen Paris.

Maigret hatte keinen Mantel angezogen und einen guten Teil des Weges zu Fuß zurückgelegt.

Im Büro angekommen, hatte er sofort das Fenster geöffnet. Auch die Seine hatte ihre Farbe verändert, die roten Streifen an den Schornsteinen der Schlepper leuchteten, die Lastkähne sahen aus wie neu.

Er hatte die Tür zum Büro der Inspektoren geöffnet.

»Kommt ihr, Kinder?«

Das hier war der »kleine Rapport«, im Gegensatz zum eigentlichen Rapport, bei dem sich die Abteilungsleiter um den großen Chef versammelten. Nur Maigrets engste Mitarbeiter waren anwesend.

»Schönen Tag verbracht gestern?«, fragte er Janvier.

»Wir waren mit den Kindern bei meiner Schwiegermutter in Vaucresson.«

Lapointe fühlte sich in seinem neuen Anzug unwohl und hielt sich im Hintergrund.

Maigret setzte sich an seinen Schreibtisch, stopfte seine Pfeife und begann, die Post zu öffnen.

»Für dich, Lucas, betrifft den Fall Lebourg.«

Einige andere Dokumente reichte er Lapointe.

»Die müssen zur Staatsanwaltschaft.«

Von Blattwerk konnte man noch nicht sprechen, aber die Bäume am Quai schimmerten bereits zartgrün.

Es gab gerade keinen bedeutenden Fall, keinen jener Fälle, bei denen sich Journalisten und Fotografen in den Fluren drängten und man an allerhöchster Stelle zum Telefonhörer greifen musste. Nur das Übliche. Alltägliches.

»Ein Verrückter oder eine Verrückte«, verkündete er, einen Brief in der Hand, auf dem sein Name und die Adresse des Quai des Orfèvres in Druckbuchstaben standen.

Der Umschlag war weiß, von guter Qualität, abgestempelt im Postamt in der Rue de Miromesnil. Als der Kommissar den Briefbogen herausnahm, fiel ihm als Erstes das Papier auf, ein schweres Velin in ungewöhnlichem Format. Der obere Teil mit dem Briefkopf musste sorgfältig mithilfe eines Lineals und einer scharfen Klinge abgetrennt worden sein.

Der Text war wie die Adresse in sehr regelmäßigen Druckbuchstaben geschrieben.

»Vielleicht doch nicht verrückt«, murmelte er.

Sehr geehrter Herr Hauptkommissar,
ich kenne Sie nicht persönlich, aber was ich über Ihre Ermittlungen und Ihre Haltung Kriminellen gegenüber weiß, lässt mich Ihnen vertrauen. Dieser Brief wird Sie erstaunen. Werfen Sie ihn nicht voreilig in den Papierkorb. Es handelt sich weder um einen Scherz noch um das Werk eines Irren. Sie wissen besser als ich, dass die Wirklichkeit manchmal schier unglaublich ist. Jemand wird bald einen Mord begehen, wahrscheinlich schon

in wenigen Tagen. Vielleicht jemand, den ich kenne, vielleicht ich selbst.
Ich schreibe Ihnen nicht, um die Tat zu verhindern. Das Drama ist sozusagen unabwendbar.
Aber ich möchte, dass Sie schon jetzt darum wissen.
Wenn Sie mir Glauben schenken, inserieren Sie bitte bei den Kleinanzeigen in Le Figaro *oder in* Le Monde *folgenden Text: K. R. Erwarte zweiten Brief.*
Ich weiß nicht, ob ich ihn schreiben werde. Ich bin sehr durcheinander. Manche Entscheidungen sind nicht leicht zu treffen.
Vielleicht werde ich Sie eines Tages in Ihrem Büro sehen, aber dann werden wir auf unterschiedlichen Seiten stehen.

Ihr ergebener …

Maigret lächelte nicht mehr. Mit düsterem Blick betrachtete er das Blatt, dann sah er seine Mitarbeiter an.

»Nein, der Mann ist nicht verrückt«, wiederholte er. »Hört zu!«

Langsam las er ihnen den Text vor, einige Wörter betonte er. Er bekam häufig Briefe dieser Art, aber die meisten waren sprachlich weniger gewählt. Oft waren bestimmte Sätze unterstrichen, oder die Briefe waren mit roter oder grüner Tinte geschrieben, und viele enthielten Rechtschreibfehler.

Hier hatte die Hand nicht gezittert. Die Schrift war energisch und schnörkellos, nichts war korrigiert worden.

Er hielt den Briefbogen gegen das Licht und las das Wasserzeichen: Vélin du Morvan.

Jedes Jahr bekam er Hunderte anonymer Briefe. Mit wenigen Ausnahmen waren sie auf preiswertem Papier geschrieben, wie man es an jeder Ecke bekommt. Manchmal waren die Wörter aus Zeitungen ausgeschnitten.

»Keine eindeutige Drohung«, murmelte er. »Eine dumpfe Angst … *Le Figaro* und *Le Monde,* zwei Tageszeitungen, die vor allem das Bildungsbürgertum liest.«

Er blickte die drei erneut an.

»Kümmerst du dich darum, Lapointe? Setz dich zunächst mit dem Papierfabrikanten in Verbindung. Den findest du bestimmt im Morvan.«

»Verstanden, Chef.«

So begann ein Fall, der Maigret mehr Sorgen machen sollte als viele der Verbrechen, die es auf die Titelseiten der Zeitungen schaffen.

»Du gibst die Anzeige auf.«

»In *Le Figaro*?«

»In beiden Zeitungen.«

Es klingelte zum Rapport, dem eigentlichen, und Maigret begab sich mit einer Akte in der Hand ins Büro des Direktors. Auch hier stand das Fenster offen, Straßenlärm drang herein. Einer der Kommissare trug einen Mimosenzweig im Knopfloch und meinte, sich erklären zu müssen:

»Die werden auf der Straße verkauft. Für einen guten Zweck.«

Maigret sagte nichts von dem Brief. Seine Pfeife schmeckte gut. Er ließ die Augen über die Gesichter seiner Kollegen schweifen. Einer nach dem anderen legten sie ihre belanglosen Fälle dar. Er rechnete im Kopf nach, wie viele Male er wohl schon dieser Zeremonie beigewohnt hatte. Tausende Male.

Aber noch öfter hatte er früher seinen Vorgesetzten, den Hauptkommissar, darum beneidet, dass er jeden Morgen das Allerheiligste betreten durfte. Musste es nicht wunderbar sein, Hauptkommissar zu sein? Damals hatte er nicht davon zu träumen gewagt, so wenig wie heute Lapointe oder Janvier, ja nicht einmal sein guter Lucas.

Und doch war der Traum Wirklichkeit geworden. Er hatte seit vielen Jahren nicht mehr darüber nachgedacht, aber an einem Morgen wie diesem, da ein herrlicher Duft in der Luft lag und die Menschen lächelten, statt über den Lärm der Busse zu schimpfen, wurde er sich dessen wieder bewusst.

Als er eine halbe Stunde später in sein Büro zurückkam, stand zu seiner Überraschung Lapointe am Fenster.

In seinem schicken Anzug wirkte er schlanker, größer und vor allem viel jünger. Zwanzig Jahre zuvor hätte ein Inspektor sich nicht so kleiden dürfen.

»Das war fast zu einfach, Chef.«

»Hast du den Papierfabrikanten ausfindig gemacht?«

»Géron & Fils. Seit drei oder vier Generationen haben sie die Morvan-Mühlen in Autun. Ein Handwerksbetrieb, keine Fabrik. Das Papier wird handgeschöpft und für Luxusausgaben, vor allem von Gedichten, oder für Briefpapier verwendet. Die Gérons beschäftigen nur etwa zehn Arbeiter. Sie sagten, es gebe noch mehrere solcher Mühlen in der Gegend.«

»Kennst du den Namen ihres Vertreters in Paris?«

»Sie haben keinen Vertreter. Sie liefern direkt an Kunstverlage und zwei Papeterien, eine in der Rue du Faubourg Saint-Honoré, die andere in der Avenue de l'Opéra.«

»Ganz oben links an der Faubourg Saint-Honoré?«

»Kann sein, der Nummer nach … Die Papeterie Roman.«

Maigret kannte das Geschäft, er war oft vor dem Schaufenster stehen geblieben. Einladungskarten und Visitenkarten waren dort ausgestellt, mit Namen, wie man sie nur noch selten hörte:

Comte und Comtesse de Vaudry
geben sich die Ehre …

Baronesse de Grand-Lussac
freut sich, Ihnen mitteilen zu dürfen …

Prinzen, Herzöge, echte oder falsche. Sie luden zu Diners ein, zu Jagden und Bridgepartien, zeigten die Vermählung ihrer Tochter oder die Geburt eines Kindes an, und das alles auf edlem Papier.

Im zweiten Schaufenster konnte man Schreibunterlagen mit geprägten Wappen bewundern und in feines Leder gebundene Speisepläne.

»Am besten gehst du dort mal vorbei.«

»Bei Roman?«

»Das ist wahrscheinlich eher unser Viertel.«

Das Geschäft in der Avenue de l'Opéra war zwar vornehm, aber es gab dort auch Schreibzeug und gewöhnliche Büroartikel.

»Bin schon unterwegs, Chef.«

Der Glückspilz! Maigret blickte ihm nach wie einem Mitschüler, den der Lehrer mit einem Auftrag hinausschickt. Ihm blieben die alltäglichen Pflichten, Papierkram, immer nur Papierkram. Ein unbedeutender Bericht für einen Untersuchungsrichter, der ihn ungelesen zu den Akten legen würde, denn der Fall wurde längst nicht mehr verfolgt.

Der Pfeifenrauch färbte die Luft allmählich blau. Von der Seine wehte eine leise Brise herein und ließ die Papiere rascheln. Schon um elf war Lapointe zurück. Er stürmte ins Büro.

»Es ist immer noch zu einfach.«

»Wie meinst du das?«

»Man könnte glauben, dieses Papier sei absichtlich gewählt worden. Das Geschäft wird übrigens nicht mehr von Monsieur Roman geführt, er ist vor zehn Jahren gestorben, sondern von einer Madame Laubier, einer Witwe um die fünfzig. Ich konnte mich kaum loseisen. Seit fünf Jahren hat sie kein solches Papier bestellt. Es wird nicht mehr gekauft. Es ist zu teuer und eignet sich nicht für die Schreibmaschine. Sie hatte dafür noch drei Kunden. Der eine ist letztes Jahr gestorben, ein Comte mit einem Schloss in der Normandie und einem Rennstall. Seine Witwe lebt in Cannes und hat nicht nachbestellt. Dann war da noch eine Botschaft, aber der neue Botschafter ordert ein anderes Papier.«

»Bleibt also noch ein Kunde.«

»Ja, ein einziger, und deshalb ist es fast zu einfach. Es handelt sich um Monsieur Émile Parendon, einen Anwalt in der Avenue Marigny. Er benutzt dieses Papier seit mehr als fünfzehn Jahren und will kein anderes. Kennen Sie den Namen?«

»Nie gehört. Hat er kürzlich welches bestellt?«

»Das letzte Mal letzten Oktober.«

»Mit Briefkopf?«

»Ja, sehr dezent. Immer tausend Blatt und tausend Umschläge aufs Mal.«

Maigret nahm den Telefonhörer ab.

»Verbinden Sie mich bitte mit Maître Bouvier.«

Ein Anwalt, den er seit mehr als zwanzig Jahren kannte und dessen Sohn ebenfalls Anwalt war.

»Hallo, Bouvier? Hier Maigret. Störe ich?«

»Sie stören nie.«

»Ich hätte gerne eine Auskunft.«

»Vertraulich natürlich …«

»Das sollte tatsächlich unter uns bleiben. Kennen Sie einen Kollegen namens Émile Parendon?«

Bouvier schien überrascht.

»Was zum Teufel will die Kriminalpolizei von Parendon?«

»Ich weiß nicht. Wahrscheinlich nichts.«

»Das denke ich aber auch. Ich bin Parendon nur fünf-, sechsmal begegnet. Er ist praktisch nie bei Gericht und wenn, dann nur bei Zivilprozessen.«

»Wie alt ist er?«

»Schwer zu sagen. Vierzig, vielleicht auch fünfzig.«

Und wohl an seine Sekretärin gewandt, sagte er:

»Meine Liebe, suchen Sie bitte im Jahrbuch der Anwaltskammer das Geburtsdatum von Parendon heraus … Émile … Es gibt nur einen.«

Dann, wieder zu Maigret:

»Sie haben bestimmt von seinem Vater gehört. Er lebt wohl noch oder ist erst kürzlich gestorben. Professor Parendon, Chirurg im Laennec, Mitglied der Académie de médicine, der Académie des sciences morales et politiques und so weiter und so fort. Eine Persönlichkeit! Wenn wir uns das nächste Mal sehen, erzähle ich Ihnen mehr von ihm. Er war blutjung, als er vom Land nach Paris kam. Klein und stämmig, sah aus wie ein junger Stier, und er sah nicht nur so aus.«

»Und sein Sohn?«

»Durch und durch Jurist. Er hat sich auf internationales Recht spezialisiert, insbesondere Seerecht. Er soll der Beste auf dem Gebiet sein. Die Leute kommen von überall auf der Welt zu ihm. Er wird oft bei schwierigen Fällen, wenn es um viel Geld geht, als Schlichter bestellt.«

»Was für ein Mensch ist er?«

»Völlig unauffällig. Ich bin nicht sicher, ob ich ihn auf der Straße erkennen würde.«

»Verheiratet?«

»Danke, meine Liebe ... So, jetzt weiß ich, wie alt er ist. Sechsundvierzig ... Ob er verheiratet ist? Beinahe hätte ich gesagt, ich kann mich nicht erinnern. Aber jetzt fällt's mir ein. Natürlich ist er verheiratet und sogar sehr gut. Seine Frau ist eine der Töchter von Gassin de Beaulieu. Sie kennen ihn. Er war einer der härtesten Richter während der Befreiung, wurde dann zum Präsidenten des Kassationsgerichtshofs ernannt. Er wird wohl inzwischen als Pensionär auf seinem Schloss in der Vendée leben. Die Familie ist sehr reich.«

»Wissen Sie sonst noch etwas?«

»Was sollte ich sonst noch wissen? Ich habe derlei Leute nie vor der Strafkammer oder vor dem Schwurgericht verteidigt.«

»Gehen sie viel aus?«

»Die Parendons? Zumindest verkehren sie nicht in meinen Kreisen.«

»Danke, mein Lieber.«

»Eine Hand wäscht die andere.«

Maigret las den Brief noch einmal, den Lapointe ihm auf den Schreibtisch gelegt hatte. Er las ihn zwei-, dreimal, und seine Miene verfinsterte sich zusehends.

»Verstehst du, was das bedeutet?«

»Ja, Chef. Gewaltigen Ärger bedeutet das.«

»Wenn nicht Schlimmeres. Ein berühmter Chirurg, ein Gerichtspräsident, ein Experte für Seerecht, der in der Avenue Marigny wohnt und kostbarstes Briefpapier benutzt.«

Die Art Kundschaft, die Maigret am meisten fürchtete. Er hatte schon jetzt das Gefühl, wie auf Eiern zu gehen.

»Glauben Sie, dass er selbst diesen Brief geschrieben hat?«

»Er oder jemand aus der Familie, jedenfalls jemand, der an sein Briefpapier herankommt.«

»Merkwürdig, oder?«

Maigret schaute aus dem Fenster und antwortete nicht. Verfasser anonymer Briefe benutzen normalerweise nicht ihr eigenes Briefpapier, vor allem kein derart hochwertiges.

»Nun, es hilft nichts. Ich muss ihm einen Besuch abstatten.«

Er schlug im Telefonbuch nach und rief an. Eine Frauenstimme meldete sich:

»Sekretariat Maître Parendon.«

»Guten Tag, Mademoiselle. Hier Kommissar Maigret von der Kriminalpolizei. Ich möchte nicht stören, aber dürfte ich kurz mit Maître Parendon sprechen?«

»Einen Moment bitte.«

Und schon sagte eine Männerstimme:

»Hier Parendon.«

Es klang fast fragend.

»Ich wollte Sie bitten, Maître …«

»Wer spricht? Meine Sekretärin hat Ihren Namen nicht richtig verstanden.«

»Kommissar Maigret.«

»Ah, jetzt verstehe ich, warum sie so überrascht war. Sie hat Ihren Namen bestimmt verstanden, aber sich nicht vorstellen können, dass wirklich Sie … Sehr erfreut, Ihre Stimme zu hören, Monsieur Maigret. Ich habe oft an Sie gedacht und manchmal sogar überlegt, Ihnen zu schreiben und Sie um Ihre Meinung über gewisse Dinge zu bitten. Aber da ich weiß, wie beschäftigt Sie sind, habe ich mich gescheut, Sie …«

Parendon klang befangen, aber Maigret fühlte sich noch unbehaglicher. Er kam sich lächerlich vor mit diesem sinnlosen Brief.

»Und jetzt störe ich Sie, noch dazu wegen einer Lappalie. Ich würde gern persönlich bei Ihnen vorbeikommen, denn ich muss Ihnen ein Schriftstück zeigen.«

»Wann wäre es Ihnen recht?«

»Haben Sie am Nachmittag kurz Zeit?«

»Wie wäre es um halb vier? Ich muss gestehen, dass ich gewöhnlich ein kurzes Mittagsschläfchen halte.«

»Dann um halb vier bei Ihnen. Und vielen Dank für Ihr freundliches Entgegenkommen.«

»Ich freue mich auf Ihren Besuch.«

Als Maigret auflegte, blickte er Lapointe an, als erwachte er aus einem Traum.

»War er nicht überrascht?«

»Nicht im Geringsten. Er hat keine Fragen gestellt. Er scheint äußerst froh zu sein, meine Bekanntschaft zu machen … Nur eines macht mich stutzig. Er hat gesagt, er sei schon oft drauf und dran gewesen, mir zu schreiben, um mich um meine Meinung zu bitten. Aber er macht gar kein Strafrecht, sondern nur Zivilrecht. Seerecht, und davon verstehe ich gar nichts. Warum also sollte er an meiner Meinung interessiert sein?«

Maigret schwindelte, als er sich wegen zu viel Arbeit bei seiner Frau vom Mittagessen abmeldete. Er wollte die Frühlingssonne mit einem Mittagessen in der Brasserie Dauphine feiern. Vor dem Essen genehmigte er sich einen Pastis am Tresen.

Wenn ihnen gewaltiger Ärger blühte, wie Lapointe gesagt hatte, so begann er wenigstens auf angenehme Art.

Maigret fuhr mit dem Bus bis zum Rond-Point. Auf den hundert Metern, die er bis zur Avenue Marigny zu Fuß zurücklegte, begegnete er mindestens drei Leuten, deren Gesichter er zu kennen meinte. Er hatte vergessen, dass er am Park des Élysée-Palasts vorbeilief und dass dieses Viertel Tag und Nacht bewacht wurde. Die »Schutzengel« erkannten ihn ebenfalls und grüßten ihn diskret und respektvoll.

Das Haus, in dem Parendon wohnte, war groß und massiv, gebaut, um den Jahrhunderten zu trotzen. Die Toreinfahrt war von Bronzekandelabern gesäumt. Vom Torbogen aus erblickte man keine gewöhnliche Conciergeloge, sondern einen regelrechten Salon, in dem, wie in einem Ministerium, ein mit grünem Samt bezogener Tisch stand.

Auch hier traf der Kommissar auf ein bekanntes Gesicht, einen gewissen Lamule oder Lamure, der lange in der Rue des Saussaies gearbeitet hatte.

Er trug eine graue Uniform mit Silberknöpfen und schien überrascht, Maigret vor sich zu sehen.

»Zu wem möchten Sie, Chef?«

»Zu Maître Parendon.«

»Fahrstuhl oder Treppe links. Erster Stock.«

Im Hinterhof Autos, Garagen und Flachbauten, die einmal Pferdeställe gewesen sein mussten. Mechanisch klopfte Maigret seine Pfeife am Schuhabsatz aus und stieg die Marmortreppe empor.

Er hatte kaum an der einzigen Tür geklingelt, da öffnete ihm schon ein Diener in weißem Jackett, als hätte er auf der Lauer gelegen.

»Ich möchte zu Maître Parendon. Ich habe einen Termin.«

»Hier entlang, Herr Kommissar.«

Er nahm Maigrets Hut und führte ihn in eine Bibliothek, wie der Kommissar noch nie eine gesehen hatte. Die Wände in dem langen und sehr hohen Raum waren über und über mit Büchern bedeckt, ausgenommen ein Marmorkamin, auf dem die Büste eines älteren Mannes stand. Die Bücher waren allesamt gebunden, die meisten in rotem Leder. Das Mobiliar beschränkte sich auf einen langen Tisch, zwei Stühle und einen Sessel.

Er hätte gern die Titel der Bücher studiert, aber

schon kam eine junge Sekretärin mit Brille auf ihn zu.

»Wenn Sie mir bitte folgen würden, Herr Hauptkommissar?«

Durch die mehr als drei Meter hohen Fenster fielen Sonnenstrahlen auf die Teppiche, die Möbel und die Gemälde. Auch der Flur war reich geschmückt mit antiken Konsolen, Stilmöbeln, Büsten und Gemälden, die Herren in Kostümen aus allen Epochen zeigten.

Das Mädchen öffnete eine helle Eichentür, und ein Mann erhob sich von seinem Schreibtisch, um dem Besucher zur Begrüßung entgegenzugehen. Auch er trug eine Brille mit sehr dicken Gläsern.

»Danke, Mademoiselle Vague.«

Maigret musste einige Schritte gehen, das Zimmer war so groß wie eine Empfangshalle. Auch hier waren die Wände voller Bücher, hin und wieder sah man ein Porträt. Die Sonne malte ein Rautenmuster darauf.

»Wenn Sie wüssten, wie sehr ich mich freue, Sie zu sehen, Monsieur Maigret!«

Er reichte ihm die Hand, eine kleine weiße, scheinbar knochenlose Hand. In diesem großen, hohen Raum schien der Mann noch kleiner, als er in Wirklichkeit war. Klein und schmächtig, geradezu grotesk schwerelos.

Dabei war er nicht mager, sondern eher rundlich,

insgesamt aber machte er einen schlaffen, konturlosen Eindruck.

»Kommen Sie bitte hier herüber. Wo möchten Sie sitzen?«

Er deutete auf einen braunen Ledersessel neben seinem Schreibtisch.

»Ich glaube, hier sitzen Sie am besten. Ich bin ein wenig schwerhörig.«

Sein Freund Bouvier hatte recht gehabt, es ließ sich kaum sagen, wie alt Parendon war. Das Gesicht, die blauen Augen hatten etwas Kindliches bewahrt. Er blickte den Kommissar mit einer Art Verzückung an.

»Sie können sich nicht vorstellen, wie oft ich an Sie gedacht habe. Bei jedem Ihrer Fälle verschlinge ich die Zeitungen, damit mir ja nichts entgeht. Ich bin ganz versessen darauf zu lesen, was Sie tun.«

Maigret war peinlich berührt. An das öffentliche Interesse hatte er sich gewöhnt, die Begeisterung eines Mannes wie Parendon aber machte ihn verlegen.

»Ich tue das, was jedermann an meiner Stelle tun würde.«

»Jedermann ist doch ein Mythos. Im Gegensatz zum Strafgesetzbuch und den Richtern und Geschworenen. Der Geschworene, der tags zuvor noch ein Jedermann war, wird ein anderer, sobald er den Gerichtssaal betritt.«

Er trug einen dunkelgrauen Anzug. Der Schreibtisch, auf den er die Arme stützte, war viel zu groß für ihn. Aber er wirkte nicht lächerlich. Und die riesigen Augen hinter den dicken Brillengläsern schauten vielleicht doch nicht naiv.

In der Schule mochte er darunter gelitten haben, dass man ihn eine »halbe Portion« nannte, aber er hatte sich damit abgefunden und wirkte nun wie ein freundlicher Gnom mit überschäumendem Temperament.

»Darf ich Ihnen eine indiskrete Frage stellen? In welchem Alter haben Sie begonnen, die Menschen zu verstehen? Ich meine die Menschen, die man kriminell nennt.«

Maigret errötete und stammelte:

»Ich weiß nicht. Ich bin nicht einmal sicher, ob ich sie verstehe.«

»O doch! Und sie spüren es. Das ist einer der Gründe, warum sie fast erleichtert sind, wenn sie ein Geständnis ablegen.«

»Bei meinen Kollegen ist es genauso.«

»Ich könnte Ihnen anhand einiger Fälle das Gegenteil beweisen, aber das würde Sie bloß langweilen. Sie haben Medizin studiert, nicht wahr?«

»Nur zwei Jahre.«

»Ich habe gelesen, dass Sie das Studium aufgeben mussten, als Ihr Vater starb, und dass Sie dann zur Polizei gegangen sind.«

Maigrets Lage wurde immer heikler, beinahe lächerlich. Er war hier, um Fragen zu stellen, und jetzt wurde er selbst befragt.

»Ich sehe in einem solchen Wechsel nicht die doppelte Berufung, sondern, dass sich dieselbe Persönlichkeit auch anders entfalten kann ... Verzeihen Sie, ich habe mich förmlich auf Sie gestürzt. Ich war so ungeduldig. Als Sie geklingelt haben, hätte ich Ihnen am liebsten selbst die Tür aufgemacht. Aber das wäre meiner Frau nicht recht gewesen, sie legt großen Wert auf Umgangsformen.«

Seine Stimme war bei den letzten Worten sehr viel leiser geworden. Er deutete auf ein Gemälde, das einen fast lebensgroßen Richter in Hermelin zeigte, und flüsterte:

»Mein Schwiegervater.«

»Präsident Gassin de Beaulieu.«

»Sie kennen ihn?«

Parendon erschien ihm auf einmal so jung, dass er lieber gestand:

»Ich habe mich erkundigt.«

»Hat man Schlechtes über ihn gesagt?«

»Er soll ein bedeutender Richter gewesen sein.«

»Genau, ein bedeutender Richter! Kennen Sie die Werke von Henri Ey?«

»Sein Handbuch der Psychiatrie kenne ich oberflächlich.«

»Sengès? Levy-Valensi? Maxwell?«

Er deutete auf ein Regal, in dem Werke dieser

Autoren standen. Allesamt Psychiater, die nichts mit Seerecht zu tun hatten. Maigret entdeckte andere Namen, die in den Schriften der Internationalen Gesellschaft für Kriminologie zitiert wurden, und wieder andere, deren Werke er wirklich gelesen hatte: Lagache, Ruyssen, Genil-Perrin.

»Rauchen Sie nicht?«, fragte sein Gastgeber ihn plötzlich erstaunt. »Ich dachte, Sie hätten immer eine Pfeife im Mund.«

»Wenn Sie gestatten …«

»Was darf ich Ihnen anbieten? Mein Cognac ist nichts Besonderes, aber ich habe einen vierzig Jahre alten Armagnac.«

Er trippelte zu einem Bücherregal, in dem sich eine Hausbar mit rund zwanzig Flaschen und Gläsern verschiedener Größe befand.

»Aber bitte nur ganz wenig.«

»Meine Frau erlaubt mir nur zu besonderen Anlässen ein Schlückchen. Sie sagt, ich hätte eine schwache Leber. Ihrer Meinung nach ist alles an mir anfällig, ich hätte kein einziges gesundes Organ.«

Er wirkte amüsiert und sprach ohne Bitterkeit darüber.

»Auf Ihr Wohl! … Ich habe Ihnen diese indiskreten Fragen gestellt, weil mich der Artikel 64 des Strafgesetzbuches leidenschaftlich interessiert. Sie kennen ihn natürlich besser als ich.«

Tatsächlich kannte Maigret ihn auswendig. Er

hatte immer und immer wieder darüber nachgedacht.

Es findet weder ein Verbrechen noch ein Vergehen statt, wenn sich der Angeklagte zur Zeit der Tat in einem Zustande von Verwirrtheit befand oder wenn er dazu durch eine Macht gezwungen wurde, welcher er nicht Widerstand leisten konnte.

»Was denken Sie darüber?«, fragte der Gnom und beugte sich zu ihm vor.

»Ich bin froh, kein Richter zu sein. So muss ich nicht urteilen.«

»Das höre ich gern. Wenn Sie in Ihrem Büro einem Schuldigen oder einem vermeintlich Schuldigen gegenübersitzen, können Sie da das Maß seiner Verantwortlichkeit bestimmen?«

»Selten. Die Psychiater müssen dann …«

»Diese Bibliothek ist voller Psychiater. Die älteren antworteten meistens ruhigen Gewissens ›verantwortlich‹. Wenn man zum Beispiel Henri Ey liest …«

»Ich weiß.«

»Sprechen Sie Englisch?«

»Sehr schlecht.«

»Wissen Sie, was ein Hobby ist?«

»Ja, ein Zeitvertreib, ein Steckenpferd, eine Obsession.«

»Nun, lieber Monsieur Maigret, mein Hobby, meine Obsession, wie manche sagen, ist der Artikel 64. Und da bin ich nicht der Einzige. Dieser berühmte Artikel findet sich nicht nur im französischen Gesetz. Man findet ihn so oder ganz ähnlich formuliert auch in den Vereinigten Staaten, in England, in Deutschland, in Italien.«

Er geriet in Wallung. Sein blasses Gesicht rötete sich plötzlich, und seine kleinen, fleischigen Hände fuhren mit unvermuteter Energie durch die Luft.

»Wir sind Tausende weltweit, was sage ich, Zehntausende, die es sich zur Aufgabe gemacht haben, diesen schändlichen Artikel 64, ein Überbleibsel aus vergangenen Zeiten, zu ändern. Wir sind kein Geheimbund. In den meisten Ländern gibt es offizielle Interessengemeinschaften, Fachzeitschriften, Zeitungen … Wissen Sie, was man uns antwortet?«

Als wollte er diesem »man« ein Gesicht geben, warf er einen Blick auf das Porträt seines Schwiegervaters.

»Man sagt uns: ›Das Strafgesetzbuch ist eine Einheit. Wenn man einen Stein entfernt, droht das ganze Gebäude einzustürzen.‹

Man gibt auch zu bedenken: ›Wenn es nach Ihnen geht, werden bald die Ärzte und nicht mehr die Richter Recht sprechen.‹«

»Ich könnte stundenlang mit Ihnen darüber reden. Ich habe zahlreiche Artikel über dieses Thema geschrieben, und ich werde mir erlauben, Ihnen einige von meiner Sekretärin schicken zu lassen. Ich hoffe, das ist nicht anmaßend. Sie kennen die Kriminellen aus erster Hand, wenn ich so sagen darf. Die Richter stecken diese Leute nahezu automatisch in eine bestimmte Schublade. Sie wissen, was ich meine?«

»Ja.«

»Auf Ihr Wohl.«

Er beruhigte sich wieder und schien selbst erstaunt, dass er sich so ereifert hatte.

»Es gibt wenige Menschen, mit denen ich so offen sprechen kann. Sind Sie schockiert?«

»Keineswegs.«

»Ich habe Sie übrigens noch gar nicht gefragt, warum Sie mich sprechen wollten. Ich habe mich derart über Ihren Besuch gefreut, dass mir die Frage gar nicht in den Sinn gekommen ist.«

Mit einem Augenzwinkern fügte er hinzu:

»Es geht hoffentlich nicht um Seerecht?«

Maigret hatte den Brief aus der Tasche gezogen.

»Dieses Schreiben habe ich heute Morgen mit der Post bekommen. Es ist nicht unterschrieben. Ich bin mir keineswegs sicher, dass es von Ihnen kommt. Ich wollte Sie lediglich bitten, es einmal zu lesen.«

Der Anwalt fuhr mit der Hand über das Papier, als hätte er einen besonders ausgeprägten Tastsinn.

»Man könnte meinen, es sei meins. Es gibt dieses

Papier kaum noch. Das letzte Mal musste die Papeterie, die es sonst vorrätig hat, es beim Fabrikanten bestellen.«

»Genau das hat mich zu Ihnen geführt.«

Parendon hatte eine andere Brille aufgesetzt, seine kurzen Beine übereinandergeschlagen und las. Dabei bewegte er die Lippen und murmelte hin und wieder einzelne Wörter.

Jemand wird bald einen Mord begehen ... Vielleicht jemand, den ich kenne, vielleicht ich selbst.

Aufmerksam las er den Abschnitt ein zweites Mal.

»Jedes Wort scheint sorgfältig gewählt, nicht wahr?«

»Den Eindruck habe ich auch.«

Das Drama ist sozusagen unabwendbar.

»Dieser Satz gefällt mir weniger, er hat etwas Phrasenhaftes.«

Er gab Maigret den Brief zurück, wechselte wieder die Brille und sagte:

»Merkwürdig.«

Er war kein Mann großer, überschwänglicher Worte. »*Merkwürdig*«, das war sein ganzer Kommentar.

»Etwas ist mir aufgefallen«, erklärte Maigret.

»Der Verfasser des Briefes spricht mich nicht einfach mit Herr Kommissar an, wie die meisten Leute es tun, sondern mit meinem offiziellen Titel: Herr Hauptkommissar.«

»Das ist mir auch aufgefallen. Haben Sie die Annonce aufgegeben?«

»Sie wird heute Abend in *Le Monde* und morgen früh in *Le Figaro* erscheinen.«

Am seltsamsten war, dass Parendon nicht überrascht war oder es sich zumindest nicht anmerken ließ. Er blickte durch das Fenster auf den knorrigen Stamm einer Kastanie, als ein leises Geräusch seine Aufmerksamkeit erregte. Auch das überraschte ihn nicht. Er wandte den Kopf und murmelte:

»Komm herein, Chérie.«

Er stand auf.

»Kommissar Maigret höchstpersönlich.«

Die etwa vierzigjährige elegante und sehr schwungvolle Frau brauchte nur ein paar Sekunden, um Maigret von Kopf bis Fuß zu mustern. Zweifellos hätte sie auch jeden noch so kleinen Schmutzfleck auf seinem linken Schuh bemerkt.

»Sehr erfreut, Herr Kommissar. Sie sind doch wohl hoffentlich nicht gekommen, um meinen Mann zu verhaften? Bei seinem schlechten Gesundheitszustand müssten Sie ihn in die Krankenabteilung des Gefängnisses bringen lassen.«

Sie war nicht aggressiv oder böse, aber sie sagte es trotzdem, wenn auch mit einem Lächeln.

»Es geht gewiss um das Personal?«

»Es liegt keine Beschwerde vor, außerdem wäre dafür das hiesige Revier zuständig.«

Sie brannte sichtlich darauf zu erfahren, warum er da war. Ihr Mann spürte das genauso wie Maigret, aber von keinem der beiden kam auch nur eine Andeutung, als machten sie sich einen Spaß daraus.

»Wie schmeckt Ihnen der Armagnac?«

Ihr Blick war auf die Gläser gefallen.

»Ich hoffe, du hast nur ein Schlückchen getrunken, Chéri.«

Sie trug ein helles Frühlingskostüm.

»Meine Herren, ich will nicht länger stören. Ich wollte dir nur sagen, dass ich vor acht Uhr nicht zurück bin. Du kannst gern ab sieben Uhr zu Hortense nachkommen.«

Sie verließ das Zimmer nicht sofort, sondern verschob hier noch einen Aschenbecher auf einem Tischchen und rückte da noch ein Buch im Regal zurecht. Die beiden Männer standen da und schwiegen.

»Auf Wiedersehen, Monsieur Maigret. Hat mich sehr gefreut, Sie kennenzulernen. Sie sind ein äußerst interessanter Mann.«

Die Tür schloss sich, und Parendon setzte sich wieder. Er wartete noch einen Augenblick, als ob sich die Tür gleich wieder öffnen würde. Dann sagte er mit einem kindlichen Lächeln:

»Haben Sie das gehört?«

Maigret wusste nicht, was er darauf antworten sollte.

»*Sie sind ein äußerst interessanter Mann.* Sie ist wütend, weil Sie ihr nichts gesagt haben. Schlimm genug, dass Sie ihr nicht verraten haben, warum Sie hier sind. Und dann: kein Wort über ihr Kostüm, ihr jugendliches Aussehen. Sie hätten ihr die allergrößte Freude gemacht, wenn Sie sie für meine Tochter gehalten hätten.«

»Haben Sie eine Tochter?«

»Ja, sie ist achtzehn, hat gerade Abitur gemacht und studiert jetzt Archäologie. Mal sehen, wie lange. Letztes Jahr wollte sie noch Laborantin werden. Ich sehe sie nur selten, außer bei den Mahlzeiten, wenn sie denn die Güte hat, mit uns zu essen. Ich habe auch einen Sohn, Jacques. Er ist fünfzehn und besucht die vierte Klasse des Lycée Racine. So viel zu meiner Familie.«

Er sagte das im Plauderton, als wäre es nicht weiter wichtig oder als machte er sich über sich selbst lustig.

»Aber ich stehle Ihnen die Zeit. Um auf den Brief zurückzukommen: Das hier ist ein Bogen meines Briefpapiers. Ihre Experten werden Ihnen genau sagen, ob es das gleiche Papier ist. Ich bin mir allerdings jetzt schon sicher, was dabei herauskommt.«

Er drückte auf einen Klingelknopf und schaute dann wartend zur Tür.

»Mademoiselle Vague, würden Sie mir bitte einen der Umschläge bringen, die wir für die Lieferanten nehmen?«

Er erklärte:

»Wir bezahlen sie am Monatsende per Scheck. Es wäre nicht angemessen, geprägte Umschläge dafür zu benutzen. Deshalb nehmen wir gewöhnliche weiße Umschläge.«

Die junge Frau brachte einen.

»Vergleichen Sie die Umschläge. Wenn Umschlag und Briefbogen übereinstimmen, können Sie davon ausgehen, dass der Brief von hier stammt.«

Das schien ihn nicht sonderlich zu beunruhigen.

»Können Sie sich einen Grund denken, warum jemand diesen Brief geschrieben hat?«

Er schaute Maigret zunächst verblüfft, dann ein wenig enttäuscht an.

»Einen Grund? Mit dieser Frage hatte ich nicht gerechnet, Monsieur Maigret. Ich verstehe, dass Sie sie stellen mussten. Aber warum einen Grund? Jeder hat einen, bewusst oder unbewusst.«

»Wie viele Personen leben in dieser Wohnung?«

»Dauerhaft? Nicht viele. Meine Frau und ich natürlich.«

»Haben Sie getrennte Schlafzimmer?«

Er warf Maigret einen kurzen, anerkennenden Blick zu.

»Wie haben Sie das erraten?«

»Ich weiß nicht ... Ich habe die Frage gestellt, ohne darüber nachzudenken.«

»Es stimmt, wir haben getrennte Schlafzimmer. Meine Frau geht gern spät zu Bett und bleibt morgens lange liegen, ich bin Frühaufsteher. Sie können sich übrigens in allen Zimmern umsehen. Ich sage Ihnen aber gleich, ich habe die Wohnung nicht ausgesucht und auch nichts mit der Einrichtung zu tun. Als mein Schwiegervater (ein Blick zum Gerichtspräsidenten) pensioniert wurde und in die Vendée zog, hat sich die Familie beraten, vier Schwestern, alle verheiratet. Das Erbe wurde gewissermaßen vorzeitig geteilt, und meine Frau hat diese Wohnung bekommen, mit allem, was darin war, samt Porträt und Büsten.«

Er lachte nicht, er lächelte nicht einmal. Es war viel subtiler.

»Eine ihrer Schwestern wird das Herrenhaus im Wald von Vouvant in der Vendée erben, und die beiden anderen Schwestern werden sich die Wertpapiere teilen. Die Gassins de Beaulieu besitzen ein riesiges Vermögen, es ist genug für alle da.

Ich bin hier also eigentlich nicht zu Hause, sondern wohne bei meinem Schwiegervater. Nur die

Bücher, die Möbel in meinem Schlafzimmer und dieses Arbeitszimmer gehören mir.«

»Ihr Vater lebt noch, nicht wahr?«

»Er wohnt fast gegenüber, in der Rue de Miromesnil. Er hat sich dort für seine alten Tage eine Wohnung eingerichtet. Er ist seit dreißig Jahren Witwer. Er war Chirurg.«

»Ein berühmter Chirurg.«

»Das wissen Sie also auch! Dann wird Ihnen bekannt sein, dass seine Leidenschaft nicht dem Artikel 64 galt, sondern den Frauen. Wir hatten eine genauso große, aber viel modernere Wohnung als diese hier, in der Rue d'Aguesseau. Mein Bruder, ein Neurologe, wohnt jetzt dort mit seiner Frau.

So weit zur Familie. Von meiner Tochter Paulette und ihrem Bruder Jacques habe ich Ihnen schon erzählt. Wenn Sie sich mit ihr gut stellen wollen, müssen Sie wissen, dass meine Tochter sich Bambi nennt und ihren Bruder nur Gus. Vermutlich eine Laune, die vorübergeht. Und wenn nicht, sei's drum … So wichtig ist es auch nicht.

Vom Personal, wie meine Frau sagt, haben Sie Ferdinand, den Diener, schon gesehen. Sein Nachname ist Fauchois, er kommt aus dem Berry, wie meine Familie. Er ist Junggeselle. Sein Zimmer ist hinten im Hof über den Garagen. Lise, das Dienstmädchen, schläft in der Wohnung, und eine gewisse Madame Marchand kommt jeden Tag zum Putzen. Und dann ist da noch Madame Vauquin, die Köchin. Ihr Mann ist Konditor, und sie geht jeden Abend nach Hause … Machen Sie sich keine Notizen?«

Maigret lächelte nur, dann stand er auf und ging zu einem ziemlich großen Aschenbecher, um seine Pfeife auszuklopfen.

»Und nun zu meinen Leuten, wenn ich so sagen darf. Mademoiselle Vague haben Sie schon gesehen. Sie heißt wirklich so und findet den Namen nicht lächerlich. Ich habe meine Sekretärinnen immer mit ihrem Nachnamen angeredet. Sie spricht nie über ihr Privatleben. Selbst die Adresse müsste ich in ihrer Akte nachsehen.

Ich weiß nur, dass sie mit der Metro nach Hause fährt und dass sie, falls nötig, ohne zu murren Überstunden macht. Sie muss vier- oder fünfundzwanzig sein und ist meistens bester Laune.

In der Kanzlei unterstützt mich ein sehr ehrgeiziger Referendar, René Tortu. Sein Büro befindet sich am Ende des Flurs.

Und dann ist da noch der sogenannte Schreiber, ein junger Mann Anfang zwanzig, der erst vor Kurzem aus der Schweiz zu uns gekommen ist. Ich glaube, er hat Ambitionen, Bühnenautor zu werden. Er ist unser Faktotum, eine Art Laufbursche.

Wenn man mich mit einem Fall betraut, handelt es sich fast immer um eine große Sache, bei der es um Millionen geht, wenn nicht um Hunderte von Millionen. Oftmals muss ich eine oder mehrere Wochen lang Tag und Nacht arbeiten. Dann kehrt wieder Routine ein, und ich habe Zeit …«

Er errötete und lächelte.

»… um mich mit unserem Artikel 64 zu befassen, Monsieur Maigret. Eines Tages müssen Sie mir sagen, was Sie darüber denken. Aber jetzt werde ich erst einmal alle davon unterrichten, dass Sie sich nach Belieben in der Wohnung bewegen können und dass man Ihre Fragen mit aller Offenheit beantworten soll.«

Maigret blickte ihn verwirrt an, fragte sich, ob er einen gewieften Schauspieler vor sich hatte oder im Gegenteil einen armen Teufel, der sich mit einem eigenartigen Humor zu trösten suchte.

»Ich werde wahrscheinlich morgen im Laufe des Vormittags wiederkommen, aber ich werde Sie nicht stören.«

»Möglicherweise werde ich Sie dann stören.«

Sie gaben sich die Hand. Der Kommissar drückte eine Kinderhand.

»Ich danke Ihnen, dass Sie mich empfangen haben, Monsieur Parendon.«

»Ich danke Ihnen für Ihren Besuch, Monsieur Maigret.«

Der Anwalt folgte ihm mit Trippelschritten zum Fahrstuhl.

2

Draußen schien die Sonne, es roch immer noch nach den ersten schönen Tagen, aber auch bereits ein wenig nach Staub. Die »Schutzengel« des Élysée-Palasts gingen ungerührt auf und ab und nickten Maigret diskret zu.

An der Ecke des Rond-Point verkaufte eine alte Frau Flieder mit dem Duft der Vorstadtgärten, er widerstand dem Impuls, einen Strauß zu kaufen. Wie hätte das ausgesehen, wenn er damit am Quai des Orfèvres erschienen wäre!

Er fühlte sich auf eine ganz besondere Weise beschwingt. Er kam aus einer unbekannten Welt, in der er sich zu seinem Erstaunen gar nicht so fremd gefühlt hatte. Während er sich mit den anderen Passanten durch die Straßen schob, sah er die Ehrfurcht gebietende Wohnung wieder vor sich. Über allem lag der Schatten des großen Richters, der dort bestimmt steife Empfänge gegeben hatte.

Gleich zu Anfang hatte Parendon ihm das Unbehagen nehmen wollen und ihm einen verschmitzten Blick zugeworfen, der so viel hieß wie:

»Lassen Sie sich nicht davon einschüchtern. Das

ist alles Beiwerk. Selbst das Seerecht ist bloß ein Spiel, ist bloß Schein«

Und wie ein Spielzeug hatte er seinen Artikel 64 hervorgeholt, der ihn mehr als alles andere auf der Welt interessierte.

War Parendon am Ende doch nicht so einfältig? Auf jeden Fall fühlte Maigret sich zu diesem trippelnden Gnom hingezogen, der ihn aus riesengroßen Augen anstarrte, als hätte er noch nie einen Kriminalkommissar gesehen.

Das Wetter war schön, und so lief er die Champs-Élysées bis zur Place de la Concorde hinunter, wo er schließlich in einen Bus stieg. Es gab keine Plattform. Maigret musste seine Pfeife ausmachen, bevor er sich hineinsetzte.

Im Büro angekommen, war es an der Zeit, die Post abzuzeichnen. Er brauchte etwa zwanzig Minuten, bis er damit fertig war. Seine Frau war überrascht, als er bereits um sechs in heiterer Stimmung nach Hause kam.

»Was gibt's zum Abendessen?«

»Ich wollte eben …«

»Gar nichts, wir essen in der Stadt.«

Ganz gleich, wo, Hauptsache auswärts. Es war ein besonderer Tag, und das sollte er auch bleiben.

Die Tage wurden schon länger. Im Quartier Latin fanden sie ein Restaurant mit verglaster Terrasse. Ein kleiner Kohleofen verbreitete eine angenehme

Wärme. Die Spezialität des Hauses waren Meeresfrüchte. Maigret bestellte fast alles, auch Seeigel, die am selben Tag aus Südfrankreich eingeflogen worden waren.

Sie lächelte ihn an.

»Du scheinst einen guten Tag gehabt zu haben.«

»Ich war bei einem komischen Kauz. In einem komischen Haus, mit komischen Leuten.«

»Ein Verbrechen?«

»Ich weiß nicht … Bislang ist nichts geschehen, aber es kann jeden Tag so weit sein, und dann bin ich in einer verzwickten Lage.«

Über laufende Ermittlungen sprach er selten mit ihr. Meist erfuhr sie aus den Zeitungen und dem Radio mehr darüber als von ihrem Mann. Diesmal konnte er nicht anders, er musste ihr den Brief zeigen.

»Lies.«

Sie waren beim Dessert angelangt. Zu den gegrillten Rotbarben hatten sie einen Pouilly Fumé getrunken, dessen Duft noch in der Luft hing. Madame Maigret gab ihm den Brief zurück und sah ihn überrascht an.

»Ein Jungenstreich?«

»Tatsächlich wohnt ein Junge dort. Ich habe ihn noch nicht gesehen. Aber es gibt dort auch alte Jungen und in die Jahre gekommene Mädchen mit Flausen im Kopf.«

»Glaubst du, was da steht?«

»Jemand wollte, dass ich in das Haus komme. Sonst hätte derjenige nicht ein Briefpapier benutzt, das man nur noch in zwei Pariser Papeterien kaufen kann.«

»Wenn er vorhat, ein Verbrechen zu begehen …«

»Er sagt nicht, dass er ein Verbrechen begehen wird. Er kündigt mir eins an und tut so, als wüsste er nicht genau, wer der Täter sein wird.«

Ausnahmsweise nahm sie ihn nicht ernst.

»Das Ganze ist doch ein Scherz.«

Er bezahlte. Die Luft war so mild, dass sie zu Fuß nach Hause gingen, mit einem Umweg über die Île Saint-Louis.

In der Rue Saint-Antoine kaufte er Flieder. So standen an diesem Abend doch noch Blumen in der Wohnung.

Am nächsten Morgen schien die Sonne wieder hell, war die Luft wieder klar, aber man achtete schon weniger darauf. Er traf Lucas, Janvier und Lapointe zum kleinen Rapport und suchte im Poststapel sofort nach dem Brief.

Er war nicht sicher, ob es einen gab, denn die Anzeige in *Le Monde* war erst am späten Nachmittag erschienen und die in *Le Figaro* heute Morgen.

»Da ist er!«, sagte er und schwenkte ihn durch die Luft.

Der gleiche Umschlag, die gleichen sorgfältig geschriebenen Druckbuchstaben, das gleiche Briefpapier mit dem abgetrennten Briefkopf.

Aber nun hieß er nicht mehr Hauptkommissar, und der Ton hatte sich geändert.

Es war falsch, Monsieur Maigret, vor meinem zweiten Brief vorbeizukommen. Jetzt sind alle aufgescheucht. Es besteht die Gefahr, dass sich die Ereignisse überstürzen. Es kann jederzeit zu dem Mord kommen, und das wird zum Teil Ihre Schuld sein.

Ich nahm an, Sie wären geduldiger und besonnener. Sie glauben also, dass Sie in der Lage sind, an einem einzigen Nachmittag den Geheimnissen eines Hauses auf die Spur zu kommen?

Sie sind leichtgläubiger und vielleicht auch eitler, als ich dachte. Ich kann Ihnen nicht mehr helfen. Aber ich rate Ihnen, die Ermittlungen fortzusetzen und nichts von dem zu glauben, was man Ihnen sagt.

Ich grüße Sie mit vorzüglicher Hochachtung, trotz allem.

Die drei Männer merkten, wie peinlich berührt Maigret war und dass er ihnen den Brief nur ungern zeigte. Sie selbst waren noch peinlicher berührt, als sie feststellten, wie unverfroren der anonyme Briefschreiber mit ihrem Chef umging.

»Könnte sich hier nicht irgendwer einen Scherz erlauben?«

»Das hat meine Frau gestern Abend auch gesagt.«

»Was denken Sie?«

»Nein.«

Nein, er glaubte nicht an einen üblen Scherz. Dennoch, die Atmosphäre in der Wohnung in der Avenue Marigny hatte nichts Angespanntes. Die Verhältnisse schienen klar und geordnet. Der Diener an der Tür hatte Würde und Ruhe ausgestrahlt. Die Sekretärin mit dem komischen Namen war lebhaft und sympathisch. Maître Parendon selbst hatte sich trotz seines seltsamen Äußeren als fröhlicher Gastgeber erwiesen.

Der Gedanke, dass es sich um einen Scherz handeln könnte, war auch Parendon nicht gekommen. Er hatte nicht gegen dieses Eindringen in seine Privatsphäre protestiert. Er hatte viel geredet, hatte von diesem und jenem gesprochen, vor allem über den Artikel 64. Aber war da nicht auch eine unterschwellige Angst gewesen?

Maigret erzählte beim Rapport nichts davon. Er wusste, dass seine Kollegen nur mit den Schultern zucken würden, wenn sie hörten, in welch eine verrückte Geschichte er da hineingeraten war.

»Nichts Neues bei Ihnen, Maigret?«

»Janvier ist kurz davor, den Mörder der Postangestellten zu verhaften. Wir sind uns fast sicher, aber wir warten noch ab, um zu sehen, ob er einen Komplizen hatte. Er lebt mit einer schwangeren Frau zusammen.«

Banales, Alltägliches. Als er eine Stunde später das Haus in der Avenue Marigny betrat, ließ er all das hinter sich. Der livrierte Concierge grüßte ihn durch die Glastür der Loge.

Ferdinand, der Diener, nahm seinen Hut und fragte:

»Soll ich Sie Monsieur melden?«

»Nein. Führen Sie mich in das Büro der Sekretärin.«

Mademoiselle Vague! Ja, so hieß sie. Die junge Frau saß in einem kleinen Zimmer mit grün gestrichenen Aktenschränken und tippte auf einer modernen elektrischen Schreibmaschine.

»Möchten Sie mich sprechen?«, fragte sie arglos.

Sie stand auf, blickte um sich und deutete auf einen Stuhl am Fenster, das auf den Hof ging.

»Ich kann Ihnen leider keinen Sessel anbieten. Wenn es Ihnen lieber ist, gehen wir in die Bibliothek oder in den Salon.«

»Ich bleibe lieber hier.«

Irgendwo brummte ein Staubsauger. Eine weitere Schreibmaschine klapperte in einem anderen Büro. Ein Mann, es war nicht Parendon, sagte ins Telefon:

»Aber ja. Ich verstehe Sie vollkommen, lieber

Freund, aber Gesetz ist Gesetz, selbst wenn es manchmal dem gesunden Menschenverstand widerspricht … Natürlich habe ich mit ihm darüber gesprochen … Nein, er kann Sie weder heute noch morgen empfangen, und das würde auch nichts nützen.«

»Monsieur Tortu?«, fragte Maigret.

Sie nickte. Mademoiselle Vague schloss die Tür, und sofort war es still, als hätte man ein Radio ausgeschaltet. Das Fenster stand einen Spaltbreit offen. Im Hof spritzte ein Chauffeur in blauem Overall einen Rolls-Royce ab.

»Gehört der Monsieur Parendon?«

»Nein, den Leuten im zweiten Stock, Peruanern.«

»Hat Monsieur Parendon einen Chauffeur?«

»Er muss einen haben, wegen seiner schlechten Augen kann er nicht selbst fahren.«

»Und was für einen Wagen hat er?«

»Einen Cadillac. Madame benutzt ihn aber häufiger, obwohl sie selbst einen kleinen englischen Wagen hat. Stört Sie der Lärm? Soll ich das Fenster schließen?«

Nein. Der Wasserstrahl passte zu der Atmosphäre, zum Frühling, zu einem Haus wie diesem.

»Wissen Sie, warum ich hier bin?«

»Ich weiß nur, dass wir zu Ihrer Verfügung stehen und Ihre Fragen beantworten sollen, auch wenn sie uns indiskret erscheinen.«

Wieder einmal zog er den ersten Brief aus seiner Tasche. Später, am Quai, würde er ihn fotokopieren lassen, bevor er noch ganz zerfledderte.

Während sie las, musterte er ihr Gesicht, die Hornbrille stand ihr gar nicht schlecht. Sie war nicht schön im eigentlichen Sinn des Wortes, aber sympathisch. Vor allem ihre vollen Lippen, die immer zu lächeln schienen, waren sehr anziehend.

»Ja?«, sagte sie, als sie ihm den Brief zurückgab.

»Was halten Sie davon?«

»Was hält Monsieur Parendon davon?«

»Das Gleiche wie Sie.«

»Wie meinen Sie das?«

»Dass er ebenso wenig überrascht schien.«

Sie zwang sich zu einem Lächeln, aber man spürte, das hatte gesessen.

»Hätte ich anders reagieren müssen?«

»Wenn jemand mitteilt, dass in einem Haus bald ein Mord begangen wird …«

»Das kann in jedem Haus geschehen. Ehe ein Mensch zum Verbrecher wird, verhält er sich doch wohl wie jeder andere, ist wie jeder andere, sonst …«

»Sonst könnten wir künftige Mörder im Voraus verhaften. Das stimmt.«

Dass sie daran gedacht hatte, war seltsam. Im Laufe seiner langen Karriere hatten nur wenige Leute Maigret gegenüber diese simple Überlegung angestellt.

»Ich habe die Anzeige aufgegeben. Heute Morgen habe ich einen zweiten Brief bekommen.«

Er reichte ihn ihr, und sie las ihn mit der gleichen Aufmerksamkeit, aber diesmal mit einer gewissen Beklommenheit.

»Allmählich verstehe ich«, murmelte sie.

»Was?«

»Dass Sie beunruhigt sind und höchstpersönlich ermitteln.«

»Darf ich rauchen?«

»Aber bitte. Ich darf hier auch rauchen. In den meisten Büros ist das nicht erlaubt.«

Sie zündete sich eine Zigarette an, aber ohne die affektierten Gesten so vieler Frauen. Sie rauchte, um sich zu entspannen. Sie lehnte sich ein wenig auf ihrem verstellbaren Stuhl zurück. Das Büro war kein gewöhnliches Büro. Der Tisch für die Schreibmaschine war zwar aus Metall, daneben aber stand ein sehr schöner Louis-XIII-Tisch.

»Ist der junge Parendon ein Spaßvogel?«

»Gus? Nein, der ist das genaue Gegenteil. Er ist intelligent, aber verschlossen. In der Schule ist er immer der Beste, obwohl er kaum etwas dafür tut.«

»Hat er ein Hobby?«

»Musik und Elektronik. In seinem Zimmer steht eine komplizierte Hi-Fi-Anlage, und er hat unzählige wissenschaftliche Zeitschriften abonniert. Die hier ist heute Morgen mit der Post gekommen. Ich werde sie in sein Zimmer legen.«

Die Elektronik von morgen.

»Geht er viel aus?«

»Ich bin abends nicht hier, aber ich glaube nicht.«

»Hat er Freunde?«

»Manchmal kommt ein Klassenkamerad. Dann hören sie zusammen Schallplatten oder machen Experimente.«

»Wie versteht er sich mit seinem Vater?«

Die Frage schien sie zu überraschen. Sie dachte nach und lächelte entschuldigend.

»Ich weiß nicht, was ich Ihnen darauf antworten soll. Ich arbeite jetzt seit fünf Jahren für Monsieur Parendon. Es ist erst meine zweite Anstellung in Paris.«

»Wo waren Sie vorher?«

»Bei einer Firma in der Rue Réaumur. Ich war unglücklich, die Arbeit dort interessierte mich nicht.«

»Wer hat Sie hierher vermittelt?«

»René … Ich meine, Monsieur Tortu. Er hat mir von der Stelle erzählt.«

»Kennen Sie ihn gut?«

»Wir haben abends im selben Restaurant in der Rue Caulaincourt gegessen.«

»Wohnen Sie in Montmartre?«

»An der Place Constantin-Pecqueur.«

»War Tortu Ihr Freund?«

»Bis auf ein Mal ist nie etwas zwischen uns gewesen.«

»Bis auf ein Mal?«

»Ich soll ganz offen sein, oder? Kurz bevor ich hier angefangen habe, sind wir einmal zusammen ins Kino an der Place Clichy gegangen. Davor waren wir im Chez Maurice, das ist unser Restaurant in der Rue Caulaincourt.«

»Essen Sie dort immer noch?«

»Fast jeden Abend. Ich gehöre sozusagen zum Mobiliar.«

»Und er?«

»Seit er verlobt ist, seltener.«

»Also, nach dem Kino …«

»Er hat gefragt, ob er noch auf ein Glas zu mir kommen könne. Wir hatten schon einiges getrunken, und ich war ein bisschen beschwipst, aber ich habe abgelehnt. Ich habe einen Horror davor, einen Mann in der Wohnung zu haben … Ich bin dann mit zu ihm gegangen, in die Rue des Saules.«

»Warum blieb es bei dem einen Mal?«

»Weil es nicht funktioniert hat … Im Bett … Das haben wir beide gespürt. Wir sind aber gute Freunde geblieben.«

»Wird er bald heiraten?«

»Ich glaube nicht, dass er es damit eilig hat.«

»Ist seine Verlobte auch Sekretärin?«

»Sie ist Sprechstundenhilfe bei Doktor Parendon, dem Bruder meines Chefs.«

Maigret zog bedächtig an seiner Pfeife und versuchte, diese Welt in sich aufzunehmen. Tags zuvor war sie ihm noch unbekannt gewesen, und nun hatte sie sich in seinem Leben breitgemacht.

»Da wir schon beim Thema sind, will ich Ihnen noch eine andere indiskrete Frage stellen. Schlafen Sie mit Monsieur Parendon?«

Sie hatte eine ganz eigene Art. Ernst und aufmerksam lauschte sie seinen Fragen, überlegte kurz und lächelte, wenn sie antwortete, ein spontanes, gewitztes Lächeln, während ihre Augen hinter den Brillengläsern aufblitzten.

»In gewissem Sinne, ja. Aber immer auf die Schnelle, das Wort ›schlafen‹ passt also nicht wirklich, wir haben nie eine Nacht miteinander verbracht.«

»Weiß Tortu davon?«

»Wir haben nie darüber gesprochen, aber er ahnt es wohl.«

»Warum?«

»Sie werden es verstehen, wenn Sie die Wohnung besser kennen ... Wer ist tagsüber hier? Monsieur und Madame Parendon und ihre beiden Kinder, das sind schon vier, dazu drei im Büro, macht sieben. Ferdinand, die Köchin, das Dienstmädchen und die Putzfrau. Elf. Und dann wären da noch der Masseur von Madame, der viermal die Woche kommt, ihre Schwestern und die Freundinnen von Mademoiselle. Die Wohnung ist zwar sehr groß, aber man läuft sich ständig über den Weg, vor allem hier.«

»Warum hier?«

»Weil jeder in dieses Büro kommt, um sich Papier, Briefmarken, Büroklammern und dergleichen zu holen. Wenn Gus ein Stück Bindfaden braucht, wühlt er in meinen Schubladen. Bambi braucht ständig Briefmarken oder Klebeband. Und Madame …«

Er blickte sie gespannt an.

»Sie ist überall. Sie ist zwar viel weg, aber man weiß nie, ob sie ausgegangen oder zu Hause ist. Haben Sie gesehen, dass in allen Fluren und in den meisten Zimmern Teppiche liegen? Man hört keine Schritte. Die Tür öffnet sich, und es steht jemand da, den man nicht erwartet hat. Es kommt zum Beispiel vor, dass sie hereinkommt und ›Verzeihung‹ murmelt, als hätte sie sich in der Tür geirrt.«

»Sie ist neugierig?«

»Oder zerstreut. Oder es ist eine Manie.«

»Hat sie Sie nie mit ihrem Mann überrascht?«

»Ich weiß es nicht genau. Einmal, kurz vor Weihnachten, wir dachten, sie sei beim Friseur, kam sie in einem ziemlich heiklen Augenblick herein. Wir hatten gerade noch Zeit, uns in Ordnung zu bringen, glaube ich zumindest. Sie sprach ganz ungezwungen mit ihrem Mann über das Geschenk, das sie für Gus gekauft hatte.«

»Hat sich ihr Verhalten Ihnen gegenüber geändert?«

»Nein. Sie ist immer zu allen freundlich, eine ganz eigene Freundlichkeit, als schwebte sie über uns, um uns zu beschützen. Ich nenne sie manchmal für mich ›Engel‹.«

»Sie mögen sie nicht?«

»Als Freundin kann ich sie mir nicht vorstellen, wenn Sie das meinen.«

Es klingelte, und die junge Frau sprang auf.

»Entschuldigen Sie bitte. Der Chef …«

Sie griff im Vorbeigehen einen Stenoblock und einen Bleistift und war schon zur Tür hinaus.

Maigret war allein und blickte in den noch sonnenlosen Hof. Der Chauffeur rieb den Rolls-Royce mit einem Fensterleder blank und pfiff einen Schlager vor sich hin.

Mademoiselle Vague kam nicht wieder und Maigret blieb auf seinem Stuhl am Fenster sitzen. Ungeduldig war er nicht, obwohl er nichts so sehr verabscheute wie Warten. Er hätte in das andere Büro gehen können, wo Tortu und Julien Baud saßen, aber er war wie gelähmt. Mit halb geschlossenen Augen blickte er mal hierhin, mal dorthin.

Der Schreibtisch hatte kompakte Tischbeine aus Eichenholz, die mit schlichten Schnitzereien verziert waren. Gewiss hatte er früher in einem anderen Zimmer gestanden. Auf der mit der Zeit blank gewordenen Tischplatte lag eine Schreibunterlage mit beigen Lederecken. Die Federschale war einfach, aus Plastik, Kugelschreiber, Bleistifte, ein Radiergummi und ein Radiermesser lagen darin, daneben ein Wörterbuch.

Plötzlich runzelte er die Stirn, erhob sich beinahe widerwillig und betrachtete den Tisch genauer. Er hatte sich nicht getäuscht. In der Tischplatte war eine winzige, noch frische Kerbe zu erkennen, als hätte jemand beim Zerschneiden eines Blatts Papier mit dem scharfen Radiermesser hineingeschnitten.

Vor der Federschale lag ein flaches Lineal aus Metall.

»Ist Ihnen das auch aufgefallen?«

Er zuckte zusammen. Mademoiselle Vague war zurück, den Stenoblock hielt sie noch in der Hand.

»Was meinen Sie?«

»Die Kerbe. Ist es nicht eine Schande, einen so schönen Tisch zu ruinieren?«

»Sie wissen nicht, wer es war?«

»Irgendjemand, der Zugang zu diesem Zimmer hat. Ich habe Ihnen ja schon gesagt, hier kommt jeder herein.«

Er würde also nicht mehr suchen müssen. Schon

gestern hatte er sich vorgenommen, die Tische im Haus zu überprüfen. Ihm war aufgefallen, dass das Papier fein säuberlich abgetrennt worden war, wie mit einer Schneidemaschine.

»Monsieur Parendon würde Sie gern einen Augenblick sprechen, wenn es Ihnen recht ist.«

Maigret sah, dass auf dem Stenoblock nichts stand.

»Haben Sie ihm von unserem Gespräch erzählt?«

Ohne jede Verlegenheit antwortete sie:

»Ja.«

»Auch dass wir über Ihre Beziehung zu ihm gesprochen haben?«

»Natürlich.«

»Hat er Sie deshalb gerufen?«

»Nein. Er brauchte eine Auskunft zu der Gerichtsakte, die er gerade bearbeitet.«

»Ich bin gleich wieder da. Anmelden müssen Sie mich wohl nicht.«

Sie lächelte.

»Er hat Ihnen ja gesagt, dass Sie sich hier vollkommen ungezwungen bewegen können.«

Also klopfte Maigret an die hohe Eichentür und drückte einen der zwei Flügel auf. Er sah den kleinen Mann an seinem riesigen Schreibtisch sitzen, der an diesem Morgen mit amtlich wirkenden Schriftstücken übersät war.

»Kommen Sie herein, Monsieur Maigret … Entschuldigen Sie, dass ich Sie gestört habe. Ich wusste nicht, dass Sie bei meiner Sekretärin waren. Sie wissen also langsam etwas mehr über die Verhältnisse in diesem Haus ... Wäre es möglich, dass ich einen Blick auf den zweiten Brief werfe?«

Maigret reichte ihm das Papier bereitwillig. Es schien, als würde das bleiche Gesicht nun aschfahl. Die blauen Augen hinter den dicken Brillengläsern waren wie erloschen und starrten Maigret ängstlich fragend an.

»*Es kann jederzeit zu dem Mord kommen* ... Denken Sie das auch?«

Maigret, der ihn ebenso fest anblickte, sagte nur:

»Und Sie?«

»Ich weiß nicht. Ich weiß es nicht mehr. Gestern habe ich das Ganze noch leicht genommen. An einen üblen Streich habe ich nicht gedacht, eher an einen kleinen Racheakt, perfide und doch naiv.«

»Gegen wen?«

»Gegen mich, gegen meine Frau, gegen irgendjemanden hier im Haus. Ein taugliches Mittel, die Polizei herzulotsen, damit sie uns mit Fragen malträtiert.«

»Haben Sie mit Ihrer Frau darüber gesprochen?«

»Es blieb mir nichts anderes übrig, nachdem sie Ihnen begegnet war.«

»Sie hätten ihr doch sagen können, ich sei in einer geschäftlichen Angelegenheit gekommen.«

In Parendons Gesicht spiegelte sich Erstaunen.

»Würde Madame Maigret sich mit einer solchen Erklärung begnügen?«

»Meine Frau stellt mir niemals Fragen.«

»Meine stellt sie, und sie wiederholt sie immer und immer wieder, ganz so wie Sie es, den Zeitungen zufolge, in Ihren Verhören tun, bis sie meint, der Sache auf den Grund gekommen zu sein. Dann zerteilt sie alles in kleine, scheinbar harmlose Phrasen, die sie Ferdinand, der Köchin, den Kindern, meiner Sekretärin hinwirft.«

Er beklagte sich nicht. Es lag kein bitterer Unterton in seiner Stimme, eher eine Art Bewunderung, als spräche er von einem beachtlichen Phänomen.

»Wie hat sie reagiert?«

»Sie sagt, es handle sich um die Rache eines unserer Angestellten.«

»Gibt es denn Grund zur Klage?«

»Den gibt es immer. Madame Vauquin, die Köchin, zum Beispiel, hat, wenn wir ein Diner geben, bis spät abends zu tun, während die Putzfrau, komme, was wolle, um sechs Uhr geht. Dafür verdient die Putzfrau zweihundert Franc weniger. Verstehen Sie?«

»Und Ferdinand?«

»Wussten Sie, dass der so korrekte und steife Ferdinand Fremdenlegionär in einer Sondereinheit war? Niemand weiß, was er abends über den Garagen macht, wer ihn besucht oder wohin er geht.«

»Geht ihr Verdacht auch in diese Richtung?«

Der Anwalt zögerte einen Moment und beschloss dann, ehrlich zu sein.

»Nein.«

»Warum nicht?«

»Keiner von ihnen hätte solche Sätze geschrieben wie in dem Brief, solche Wörter benutzt.«

»Haben Sie Waffen im Haus?«

»Meine Frau besitzt zwei Jagdgewehre, sie wird oft zur Jagd eingeladen. Ich gehe nicht auf die Jagd.«

»Ihrer Augen wegen?«

»Nein, ich verabscheue es, Tiere zu töten.«

»Haben Sie eine Pistole?«

»Einen alten Browning. Er liegt in meinem Nachttisch. Wahrscheinlich eine Angewohnheit vieler Menschen. Man redet sich ein, dass Einbrecher …«

Er lachte leise.

»Ich könnte ihnen höchstens Angst einjagen. Hier …« Er zog eine Schublade seines Schreibtischs auf und nahm eine Schachtel mit Patronen heraus.

»Die Pistole ist in meinem Schlafzimmer am anderen Ende der Wohnung, die Patronen sind hier. Ich habe mir das angewöhnt, als die Kinder noch jünger waren, aus Angst vor einem Unfall. Jetzt, da sie älter und vernünftiger sind, könnte ich meinen Browning natürlich laden.«

Er kramte weiter in der Schublade, diesmal nahm er einen amerikanischen Totschläger heraus.

»Wissen Sie, woher dieses Spielzeug stammt? Vor drei Jahren wurde ich zu meiner Überraschung aufs Polizeirevier bestellt. Ich ging hin, und man fragte mich, ob ich einen Sohn namens Jacques hätte. Er war damals zwölf Jahre alt.

Die Jungen hatten sich nach der Schule geprügelt, und ein Polizist hatte bei Gus diesen Totschläger gefunden. Als ich nach Hause kam, habe ich ihn in die Zange genommen und erfahren, dass er ihn für sechs Päckchen Kaugummi von einem Freund bekommen hatte.«

Die Erinnerung daran ließ ihn schmunzeln.

»Ist er gewalttätig?«

»Mit zwölf, dreizehn Jahren hatte er eine schwierige Phase und reagierte auf Kritik mit heftigen Wutanfällen, vor allem, wenn sie von seiner Schwester kam. Inzwischen hat er das überwunden. Ich möchte fast sagen, er ist zu ruhig, zu oft alleine für meinen Geschmack.«

»Hat er keine Freunde?«

»Ich kenne nur einen, der recht oft kommt, um mit ihm Musik zu hören. Er heißt Génuvier. Sein Vater ist Konditor am Faubourg Saint-Honoré. Sie kennen den Namen sicher. Das Geschäft ist weithin beliebt.«

»Wenn Sie erlauben, werde ich jetzt wieder zu Ihrer Sekretärin gehen.«

»Wie finden Sie sie?«

»Intelligent, spontan und doch besonnen.«

Das schien Parendon zu freuen, er murmelte:

»Sie ist sehr wertvoll für mich.«

Er vertiefte sich wieder in seine Akten, und Maigret ging zurück in Mademoiselle Vagues Büro. Sie tat nicht einmal so, als würde sie arbeiten, ganz offensichtlich hatte sie auf ihn gewartet.

»Eine Frage, die Ihnen lächerlich vorkommen mag, Mademoiselle Vague: Hat der junge Parendon …«

»Alle nennen ihn Gus.«

»Na gut. Hat Gus Ihnen jemals den Hof gemacht?«

»Er ist fünfzehn.«

»Ich weiß. Gerade in diesem Alter neigt man zu Schwärmereien und interessiert sich sehr für gewisse Dinge.«

Sie dachte nach. Wie Parendon nahm sie sich Zeit, ehe sie antwortete, als hätte er ihr beigebracht, sich präzise auszudrücken.

»Nein«, sagte sie schließlich. »Als ich ihn kennenlernte, war er noch ein kleiner Junge, der mich um Briefmarken anbettelte und mir Bleistifte und

Klebeband klaute. Manchmal bat er mich, ihm bei den Schulaufgaben zu helfen. Er saß da, wo Sie jetzt sitzen, und sah mir mit ernstem Gesicht bei der Arbeit zu.«

»Und jetzt?«

»Er ist einen halben Kopf größer als ich und rasiert sich seit einem Jahr. Jetzt klaut er mir bloß noch Zigaretten, wenn er vergessen hat, sich welche zu kaufen.«

Bei diesen Worten zündete sie sich eine Zigarette an, während Maigret bedächtig seine Pfeife stopfte.

»Kommt er jetzt häufiger vorbei?«

»Im Gegenteil. Ich glaube, ich habe Ihnen schon erzählt, dass er, abgesehen von den Mahlzeiten, sein eigenes Leben führt, getrennt von der Familie. Wenn Gäste da sind, erscheint er nicht bei Tisch, sondern isst lieber in der Küche.«

»Versteht er sich gut mit den Hausangestellten?«

»Er behandelt alle Menschen gleich. Selbst wenn er spät dran ist, will er sich nicht vom Chauffeur zur Schule fahren lassen, aus Sorge, seine Mitschüler könnten ihn in der Limousine sehen.«

»Kurz, er schämt sich, in einem solchen Haus zu wohnen.«

»Ja, so ungefähr.«

»Und hat sich das Verhältnis zu seiner Schwester gebessert?«

»Ich bin ja bei den Mahlzeiten nicht dabei und

sehe sie selten zusammen. Er hält sie wohl für ein sonderbares Wesen, dessen Beschaffenheit er zu begreifen versucht, ein bisschen so, als würde er ein Insekt studieren.«

»Und seine Mutter?«

»Sie ist ihm etwas zu laut ... Ich meine, sie ist sehr umtriebig, redet viel über andere Leute ...«

»Ich verstehe. Und die Tochter, Paulette, wenn ich mich recht entsinne?«

»Hier heißt sie Bambi. Vergessen Sie nicht, dass jedes Kind einen Kosenamen hat. Gus und Bambi. Ich weiß nicht, wie sie mich nennen, aber es ist bestimmt ein lustiger Name.«

»Wie versteht sich Bambi mit ihrer Mutter?«

»Schlecht.«

»Streiten sie sich?«

»So weit kommt es gar nicht. Sie sprechen kaum miteinander.«

»Von wem kommt die Feindseligkeit?«

»Von Bambi, Sie werden sehen. So jung sie ist, hat sie doch zu allem und jedem eine Meinung, und man sieht an ihrem Blick, dass ihr Urteil unerbittlich ist.«

»Ungerecht?«

»Nicht immer.«

»Versteht sie sich mit Ihnen gut?«

»Sie akzeptiert mich.«

»Kommt sie manchmal in Ihr Büro?«

»Wenn ich eine Arbeit abtippen oder etwas fotokopieren soll.«

»Spricht sie mit Ihnen über ihre Freundinnen, ihre Freunde?«

»Nie.«

»Glauben Sie, dass sie von Ihrer Beziehung zu ihrem Vater weiß?«

»Ich habe mich das schon oft gefragt. Ich weiß es nicht. Vielleicht hat sie uns gesehen, ohne dass wir es bemerkt haben.«

»Liebt sie ihren Vater?«

»Sie hat ihn unter ihre Fittiche genommen. Sie sieht ihn bestimmt als Opfer ihrer Mutter, der sie vorwirft, sich zu wichtig zu nehmen.«

»Kurz, Monsieur Parendon spielt keine bedeutende Rolle in der Familie.«

»Keine Hauptrolle.«

»Hat er sich je darum bemüht?«

»Vielleicht früher einmal, bevor ich hier war. Er muss eingesehen haben, dass der Kampf von vornherein verloren war, und …«

»… hat sich in sein Schneckenhaus zurückgezogen.«

Sie lachte.

»Nicht so sehr, wie Sie glauben. Auch er weiß, was hier vor sich geht. Er fragt nicht so viel wie Madame Parendon. Er hört zu, beobachtet, zieht seine Schlüsse. Ein äußerst intelligenter Mann.«

»Das ist auch mein Eindruck.«

Auf einmal sah sie ihn freundlich an, als hätte er sie soeben für sich eingenommen. Ihm war klar geworden, dass sie nicht mit Parendon schlief, weil er ihr Chef war, sondern weil sie echte Leidenschaft für ihn empfand.

»Ich wette, Sie haben keinen Freund.«

»Das stimmt. Ich will auch keinen.«

»Und Sie leiden nicht darunter, alleine zu leben?«

»Im Gegenteil. Ich würde es nicht ertragen, ständig jemanden um mich zu haben. Und noch weniger könnte ich ertragen, mit jemandem mein Bett zu teilen.«

»Keine Affären?«

Wieder dieses Schwanken zwischen Wahrheit und Lüge.

»Manchmal … ziemlich selten.«

Und seltsam stolz fügte sie hinzu, als wäre das ein Glaubensbekenntnis:

»Aber nie bei mir zu Hause.«

»Wie ist das Verhältnis zwischen Gus und seinem Vater? Ich habe das vorhin schon gefragt, aber wir sind davon abgekommen.«

»Gus bewundert ihn, aus der Ferne allerdings, ohne es ihm zu zeigen, auf eine beinahe demütige Weise. Wissen Sie, um diese Familie zu verstehen, müssten Sie alle kennen. Und selbst dann würden Sie immer noch Neues entdecken.

Sie wissen ja, dass die Wohnung Monsieur Gassin de Beaulieu gehörte, vieles hier erinnert noch an ihn. Seit drei Jahren ist der ehemalige Präsident gehbehindert und verlässt sein Herrenhaus in der Vendée nicht mehr. Früher verbrachte er manchmal ein, zwei Wochen hier. Er hatte sein eigenes Zimmer, und sobald er hereinkam, war er wieder der Hausherr.«

»Sie kennen ihn also?«

»Sehr gut sogar. Ich habe die gesamte Korrespondenz für ihn erledigt.«

»Was für ein Mensch ist er? Seinem Porträt nach zu urteilen …«

»Das in Monsieur Parendons Arbeitszimmer? Wenn Sie das Porträt gesehen haben, haben Sie ihn gesehen. Er ist, was man einen integren und weisen Richter nennt. Verstehen Sie, was ich meine? Eine Persönlichkeit, die hünenhaft durchs Leben schreitet, als wäre sie gerade von ihrem Sockel herabgestiegen. Wenn er hier war, musste es mucksmäuschenstill sein. Man ging auf Zehenspitzen, man flüsterte. Für die Kinder, die da noch klein waren, war es fürchterlich.

Der Vater von Monsieur Parendon dagegen, der Chirurg …«

»Kommt er noch zu Besuch?«

»Selten. Das wollte ich gerade erzählen. Sie kennen seine Geschichte, jeder kennt sie. Ein Bauernsohn aus dem Berry, und so benahm er sich auch, selbst in seinen Vorlesungen bediente er sich gern einer derben, bildhaften Sprache.

Noch bis vor wenigen Jahren war er eine Naturgewalt. Da er ganz in der Nähe, in der Rue de Miromesnil, wohnt, kam er häufig vorbei, und die Kinder liebten ihn über alles. Das hat nicht allen gefallen.«

»Besonders Madame Parendon nicht.«

»Sie waren sich bestimmt nicht sympathisch. Genaueres weiß ich nicht. Glaubt man den Hausangestellten, hat es einmal eine heftige Szene gegeben. Jedenfalls kommt er nicht mehr her, sein Sohn besucht ihn aber alle zwei, drei Tage.«

»Die Gassins haben die Parendons also geschlagen.«

»Gründlicher, als Sie glauben.«

Die Luft war blau vom Rauch aus Maigrets Pfeife und von den Zigaretten von Mademoiselle Vague. Die junge Frau ging zum Fenster und machte es weiter auf, um frische Luft hereinzulassen.

Amüsiert fuhr sie fort:

»Denn die Kinder haben Tanten, Onkel, Cousins und Cousinen. Monsieur Gassin de Beaulieu hatte vier Töchter, und die drei anderen wohnen ebenfalls in Paris. Sie haben Kinder im Alter von zehn bis zweiundzwanzig Jahren. Übrigens, eins der Mädchen hat im letzten Frühjahr einen Offizier geheiratet, der im Marineministerium arbeitet.

So viel zum Clan Gassin de Beaulieu. Wenn Sie möchten, gebe ich Ihnen eine Liste mit den Namen der Ehemänner.«

»Ich glaube nicht, dass das im Augenblick nötig ist. Kommen sie oft her?«

»Mal die eine, mal die andere. Obwohl sie gut verheiratet sind, wie man sagt, ist dieses Haus für sie weiterhin ihr Zuhause.«

»Während …«

»Sie wissen, worauf ich hinauswill. Der Bruder von Monsieur Parendon, Germain, ist Neurologe. Er ist mit einer ehemaligen Schauspielerin verheiratet, die immer noch das blühende Leben ist.«

»Ähnelt er …«

Maigret war die Frage etwas peinlich, und sie merkte es.

»Nein, er ist ebenso breit und stark wie sein Vater, nur viel größer. Ein sehr schöner Mann und erstaunlich sanftmütig. Die Ehe ist kinderlos. Sie gehen selten aus und laden nur die engsten Freunde ein.«

»Aber hierher kommen sie nicht«, sagte Maigret seufzend, der sich ein ziemlich genaues Bild der Familie zu machen begann.

»Monsieur Parendon geht an den Abenden zu ihnen, an denen seine Frau Bridge spielt. Kartenspiele sind ihm ein Graus. Manchmal besucht Monsieur Germain ihn in seinem Arbeitszimmer. Morgens riecht es dann nach Zigarrenrauch.«

Man hätte meinen können, Maigret wechselte plötzlich die Tonart. Er drohte nicht und wurde auch nicht streng, aber der vergnügte Ausdruck war aus seiner Stimme, seinen Augen verschwunden.

»Mademoiselle Vague, ich bin davon überzeugt, dass Sie meine Fragen ehrlich beantwortet haben, und ein paarmal sind Sie ihnen sogar zuvorgekommen. Ich habe nur noch eine letzte. Bitte beantworten Sie sie ebenso ehrlich. Glauben Sie, dass sich jemand mit den Briefen einen Spaß erlaubt?«

Ohne Zögern erwiderte sie:

»Nein.«

»Hatten Sie schon vorher das Gefühl, es könne hier zu einem Drama kommen?«

Diesmal nahm sie sich Zeit, steckte sich eine neue Zigarette an und sagte dann:

»Vielleicht.«

»Wann?«

»Ich weiß es nicht. Ich muss nachdenken. Vielleicht nach den Ferien, jedenfalls ungefähr dann.«

»Was ist Ihnen aufgefallen?«

»Nichts Besonderes. Es lag etwas in der Luft. Etwas Bedrückendes.«

»Wer, glauben Sie, ist in Gefahr?«

Sie errötete plötzlich und schwieg.

»Warum antworten Sie nicht?«

»Weil Sie ganz genau wissen, was ich sagen werde. Monsieur Parendon.«

Er erhob sich seufzend.

»Danke. Ich glaube, ich habe Ihnen für heute Morgen genug zugesetzt. Ich komme wahrscheinlich bald wieder zu Ihnen.«

»Wollen Sie die anderen sprechen?«

»Nicht vor dem Mittagessen. Es ist gleich zwölf. Bis später.«

Sie sah, wie er fortging, groß, schwer und ein wenig ungelenk, und dann plötzlich, als sich die Wohnungstür hinter ihm geschlossen hatte, begann sie zu weinen.

3

In der Rue de Miromesnil fanden sich noch Spuren vergangener Zeiten. Zum Beispiel ein kleines schummriges Restaurant, in dem die Speisekarte noch auf eine Schiefertafel geschrieben wurde. Durch eine Glastür konnte man die Patronne sehen, die, massig und auf säulenförmigen Beinen stehend, an ihrem Herd hantierte.

Die Stammgäste hatten ihre eigenen Servietten, die in Fächern verwahrt wurden, und runzelten die Stirn, wenn ihr Platz besetzt war. Es kam nur selten vor, denn Emma, die Kellnerin, mochte keine neuen Gesichter. Einige altgediente Inspektoren aus der Rue des Saussaies verkehrten hier, und auch Büroangestellte, wie man sie kaum noch sieht, solche, die man sich mit Ärmelschonern an alten schwarzen Schreibtischen sitzend vorstellt.

Der Patron, der hinter der Theke stand, erkannte den Kommissar und kam auf ihn zu.

»Sie haben sich lange nicht mehr im Viertel blicken lassen. Kompliment, Sie hatten den richtigen Riecher: Es gibt Andouillette.«

Maigret liebte es, hin und wieder allein zu essen, seinen Blick über die altmodische Einrichtung schweifen zu lassen, über die Leute, die zumeist in Hinterhöfen arbeiten, in denen man unvermutet auf Winkeladvokaten, Pfandleiher, Orthopäden und Briefmarkenhändler trifft.

Er käute wieder, wie er gern sagte, dachte an nichts Bestimmtes: Sein Geist wanderte von einer Idee zur anderen, von einem Bild zum anderen, vermengte alte Fälle mit den laufenden Ermittlungen.

Parendon faszinierte ihn. Während er die saftigen und knusprigen Würstchen und die in gutem Fett ausgebackenen Pommes frites genoss, nahm der Gnom in seiner Vorstellung abwechselnd rührende und erschreckende Züge an.

»Der Artikel 64, Monsieur Maigret. Vergessen Sie den Artikel 64 nicht!«

War er wirklich davon besessen? Warum ließ sich dieser Rechtsanwalt, den Klienten aus aller Welt für teuer Geld in Fragen des Seerechts konsultierten, von diesem einen Artikel des Gesetzbuchs, der von der menschlichen Verantwortung handelte, derart in Bann schlagen?

Vorsicht war geboten! Die Verwirrtheit war darin nicht im Geringsten definiert. Und sie wurde nur im Augenblick der Tat, das heißt im Augenblick des Verbrechens betrachtet.

Er kannte einige erfahrene Psychiater, die wegen

ihrer engen Auslegung des Artikels von den Richtern gern zu Rate gezogen wurden. Sie räumten verminderte Zurechnungsfähigkeit nur dann ein, wenn der Täter an Verletzungen oder Missbildungen des Gehirns litt oder aber an Epilepsie, von der im folgenden Artikel des Strafgesetzbuches die Rede war.

Aber wie sollte man feststellen, ob ein Mensch in dem Augenblick, da er einen anderen tötet, exakt zum Zeitpunkt der Mordtat, voll zurechnungsfähig war? Und wie konnte man gar behaupten, dass er seinem Impuls hätte widerstehen können?

Ja, der Artikel 64 … Maigret hatte oft darüber diskutiert, besonders mit seinem alten Freund Pardon. Auf fast jedem Kongress der Internationalen Gesellschaft für Kriminologie wurde darüber gesprochen. Und es gab umfangreiche Werke zu diesem Thema, eben jene Werke, die zu einem großen Teil Parendons Bibliothek füllten.

»Und? Schmeckt's Ihnen?«

Der fröhliche Patron füllte Maigrets Glas mit einem zwar jungen, aber sehr fruchtigen Beaujolais.

»Ihre Frau hat das Kochen nicht verlernt.«

»Sie wird sich freuen, wenn Sie ihr das selbst sagen, ehe Sie gehen.«

Die Wohnung passte perfekt zu einem Mann wie Gassin de Beaulieu, Kommandeur der Ehrenlegion, einem Mann, der Hermelin trug und weder am Gesetz noch am Rechtswesen noch gar an sich selbst je gezweifelt hatte.

Um Maigret herum saßen Dünne und Dicke, Männer von dreißig und Männer von fünfzig Jahren. Fast alle aßen sie allein da, den Blick ins Leere gerichtet oder auf ihre Zeitung. Und alle hatten sie diese seltsame Patina, die ein bescheidenes, gleichförmiges Leben mit sich bringt.

Man stellt sich die Menschen gern so vor, wie man sie sich wünscht. Nun hatte aber der eine eine schiefe Nase oder ein fliehendes Kinn, der andere eine hängende Schulter, während sein Nachbar ein Fettkloß war. Die Hälfte der Gäste war kahlköpfig, und noch mehr trugen eine Brille.

Warum dachte Maigret darüber nach? Einfach so. Weil Parendon in seinem großen Arbeitszimmer wie ein Gnom aussah. Manche hätten es brutaler formuliert: wie ein Affe.

Madame Parendon … Er hatte sie nur kurz gesehen. Sie war rasch hereingekommen, als wollte sie den Beweis ihrer strahlenden Persönlichkeit liefern.

Wie hatten diese beiden zueinander gefunden? Waren sie sich zufällig begegnet, oder hatte die Familie dabei die Hand im Spiel gehabt?

Ihr Sohn, Gus. Zusammen mit dem Sohn des Konditors hörte er in seinem Zimmer Schallplatten und beschäftigte sich mit Elektronik. Er war größer und stärker als sein Vater (zum Glück), und Mademoiselle Vague zufolge, ein ausgeglichener Junge.

Und Gus' Schwester, Bambi. Sie studierte Archäologie. Wollte sie wirklich eines Tages in den Wüsten des Nahen Ostens graben? Oder war das Studium ein Alibi?

Mademoiselle Vague verteidigte ihren Chef leidenschaftlich, aber wenn sie sich liebten, geschah es auf die Schnelle, im Büro.

Warum trafen sie sich nicht woanders, verflucht noch mal? Hatten sie beide solche Angst vor Madame Parendon? Oder hatten sie Schuldgefühle und änderten deshalb nichts am flüchtigen, improvisierten Charakter ihres Verhältnisses?

Außerdem waren da noch der Diener, ein ehemaliger Legionär, die Köchin und die Putzfrau, die sich wegen unterschiedlicher Entlohnung und Arbeitszeiten hassten. Dann ein Dienstmädchen namens Lise, das Maigret nicht kannte und von dem er kaum etwas wusste.

Und René Tortu, der ein einziges Mal mit der Sekretärin geschlafen hatte und jetzt mit einer anderen verlobt war. Und schließlich der Schweizer Julien Baud, der als Bürodiener Pariser Luft schnupperte, um sich dann in die Theaterwelt zu stürzen.

Auf welcher Seite standen sie, die einen und die anderen? Auf der Seite der Gassins? Auf der Seite der Parendons?

Einer aus diesem Kreis wollte einen anderen töten.

Und es war die reine Ironie, dass der Concierge ausgerechnet ein ehemaliger Inspektor der Sûreté Nationale war!

Gegenüber lag der Park des Staatspräsidenten und hinter den Bäumen, die schon zu grünen begannen, die berühmte Treppe, auf der man ihn fotografierte, wenn er prominenten Gästen die Hand schüttelte.

Wie passte das alles zusammen? Das Bistro, in dem Maigret saß, war real, solide. Hier zeigte sich das alltägliche Leben. Einfache Leute, ja, aber es gibt mehr einfache Leute als andere. Sie fallen nur weniger auf, weil sie dunkle Kleidung tragen, leise sprechen, dicht an den Häusern entlanggehen und sich in der Metro aneinanderdrängen.

Zum Nachtisch servierte man ihm einen Baba au rhum mit sehr viel Schlagsahne, eine weitere Spezialität der Patronne. Bevor Maigret das Lokal verließ, ging er natürlich in die Küche, um ihr die Hand zu geben. Er musste sie sogar auf beide Wangen küssen. Das machte man so.

»Ich hoffe, Sie sind nicht wieder so lange weg.«

Wenn der Mörder sich Zeit ließ, würde Maigret wohl oft wiederkommen.

Er musste immer wieder an den Mörder denken. An den Mörder, der noch keiner war. An den möglichen Mörder.

Gibt es in Paris nicht Tausende und Abertausende möglicher Mörder? Warum wollte dieser eine Maigret warnen? Aus romantischen Motiven? Um sich interessant zu machen? Um ihn eines Tages zum Zeugen zu haben? Oder aber, damit er von der Tat abgehalten wurde?

Aber wie?

Maigret ging im Sonnenschein bis zur Kirche Saint-Philippe-du-Roule, bog links ab und blieb dann ein paarmal stehen: an Schaufenstern mit sehr teuren und oft unnützen Sachen, die sich trotzdem gut verkauften.

Er kam an der Papeterie Roman vorbei und betrachtete amüsiert die Namen der Hautevolee auf den geprägten Visiten- und Einladungskarten. Von hier stammte das Briefpapier, mit dem alles begonnen hatte. Ohne diese anonymen Briefe hätte Maigret nichts von den Parendons, den Gassins de Beaulieu, den Tanten, Onkeln, Cousins und Cousinen gewusst.

Wie er schlenderten andere dahin, genossen es, in die Sonne zu blinzeln und die milde Luft zu atmen. Er hatte große Lust, einfach auf den ersten Bus aufzuspringen und zum Quai des Orfèvres zurückzufahren.

Diese verfluchten Parendons!

Am Quai würde er vielleicht einen armen Kerl antreffen, der wirklich gemordet hatte, weil er nicht mehr anders konnte, oder einen jungen Straßenmaler vom Pigalle, der aus Marseille oder Bastia stammte und einen Rivalen abgeknallt hatte, um sich selbst zu beweisen, dass er ein ganzer Mann war.

Er setzte sich auf eine Terrasse neben einen kleinen Kohleofen und trank einen Kaffee. Dann betrat er das Lokal und ging in die Telefonkabine.

»Hier Maigret. Verbinden Sie mich bitte mit meinem Büro. Ganz gleich mit wem. Janvier, Lucas … am liebsten Lapointe.«

Lapointe meldete sich.

»Nichts Neues, mein Kleiner?«

»Ein Anruf von Madame Parendon. Sie wollte Sie persönlich sprechen. Ich hatte größte Mühe, ihr klarzumachen, dass auch Sie zu Mittag essen müssen.«

»Was wollte sie?«

»Sie möchte Sie so bald wie möglich sehen.«

»Bei ihr zu Hause?«

»Ja. Sie wird bis vier Uhr auf Sie warten. Später hat sie einen wichtigen Termin.«

»Bestimmt bei ihrem Friseur. Ist das alles?«

»Nein, aber das andere ist vielleicht bloß ein Scherz. Vor einer halben Stunde hatte die Telefonistin jemanden an der Strippe. Einen Mann oder eine Frau, sie weiß es nicht, mit einer seltsamen, irgendwie kindlichen Stimme. Jedenfalls hat die Person gekeucht und dann sehr schnell gesagt:

›Sagen Sie Kommissar Maigret, er soll sich beeilen.‹

Die Telefonistin konnte nicht einmal nach dem Namen fragen.

Diesmal ist es kein Brief, und darum frage ich mich …«

Maigret hätte ihm fast geantwortet:

»Frag dich nichts.«

Er selbst fragte sich ja auch nichts. Das war kein Ratespiel. Trotzdem war er beunruhigt.

»Danke, mein Kleiner. Ich gehe sofort in die Avenue Marigny. Wenn's was Neues gibt, bin ich dort zu erreichen.«

Die Fingerabdrücke auf den beiden Briefen hatten nichts ergeben. In den vergangenen Jahren waren kompromittierende Fingerabdrücke immer seltener geworden. In Zeitungen, in Romanen, im Fernsehen war so viel davon die Rede, dass selbst die dümmsten Missetäter Vorsichtsmaßnahmen ergriffen.

Als er an der Loge vorbeiging, grüßte ihn der ehemalige Inspektor aus der Rue des Saussaies respektvoll und zugleich vertraulich. Der Rolls-Royce passierte die Einfahrt; außer dem Chauffeur saß niemand darin. Maigret ging in den ersten Stock und klingelte.

»Guten Tag, Ferdinand.«

Gehörte er nicht schon ein wenig zu diesem Haus?

»Ich bringe Sie zu Madame.«

Ferdinand wusste Bescheid. Sie hatte nichts dem Zufall überlassen. Maigret legte seinen Hut ab und ging zum ersten Mal durch einen riesigen Salon, der das Amtszimmer eines Ministers hätte sein können.

Kein persönlicher Gegenstand lag herum, kein Schal, keine Zigarettenspitze, kein aufgeschlagenes Buch. Kein Zigarrenstummel in den Aschenbechern. Drei hohe, geöffnete Fenster gingen auf den Hof hinaus, der jetzt ruhig in der Sonne lag. Die Autowäsche war beendet.

Ein Flur. Eine Biegung. Die Wohnung schien, wie bei einem alten Schloss, aus einem Mitteltrakt und zwei Flügeln zu bestehen. Ein roter Läufer auf dem weißen Marmorboden. Überall diese zu hohen Decken, unter denen man sich wie ein Zwerg fühlte.

Ferdinand klopfte leise an eine Flügeltür, öffnete sie, ohne die Antwort abzuwarten, und sagte:

»Kommissar Maigret.«

Er betrat ein Boudoir. Gleich darauf tauchte Madame Parendon aus dem Nebenzimmer auf, ging auf Maigret zu und begrüßte ihn mit einem kräftigen Händedruck.

»Ich schäme mich, Herr Kommissar, dass ich Sie oder vielmehr einen Ihrer Beamten angerufen habe.«

Alles hier war blau, die mit Brokatseide bespannten Wände, die Louis-xv-Sessel, der Teppichboden, selbst der gelb gemusterte chinesische Teppich hatte einen blauen Grund.

War es Zufall, dass sie um zwei Uhr nachmittags noch im Negligé war, einem türkisblauen Morgenrock?

»Entschuldigen Sie, dass ich Sie in meiner Höhle, wie ich gern sage, empfange, aber das ist der einzige Raum, in dem man nicht unaufhörlich gestört wird.«

Die Tür, durch die sie hereingekommen war, stand einen Spaltbreit auf, und er sah einen Toilettentisch – ebenfalls Louis xv –, was darauf hindeutete, dass dort ihr Schlafzimmer war.

»Setzen Sie sich bitte.«

Sie deutete auf einen zierlichen Sessel. Der Kommissar ließ sich vorsichtig nieder und nahm sich vor, sich möglichst wenig zu bewegen.

»Sie können sehr gerne Ihre Pfeife rauchen.«

Dabei hatte er gar keine Anstalten gemacht! Sie wollte ihn so haben, wie man ihn aus der Zeitung kannte.

Auch die Fotografen erinnerten ihn immer daran:

»Die Pfeife, Herr Kommissar!«

Als ob er von morgens bis abends Pfeife rauchte! Und wenn er Lust auf eine Zigarette hätte? Oder auf eine Zigarre? Oder gar nicht rauchen wollte?

Er fühlte sich unbehaglich und fürchtete, der Sessel könne jeden Augenblick unter ihm zusammenbrechen. Er mochte dieses blaue Boudoir nicht und auch nicht diese Frau in Blau mit dem aufgesetzten Lächeln.

Sie hatte sich in einen Ohrensessel gesetzt und zündete sich mit einem goldenen Feuerzeug, wie er es bei Cartier im Schaufenster gesehen hatte, eine Zigarette an. Die Zigarettendose war aus Gold. Vieles in diesen Räumen war gewiss aus Gold.

»Ich bin ein wenig eifersüchtig, weil Sie sich zunächst mit der kleinen Vague unterhalten haben, heute Morgen …«

»Ich hätte nicht gewagt, Sie so früh zu stören.«

Musste er jetzt den Mann von Welt geben? Er ärgerte sich über seine Freundlichkeit.

»Man hat Ihnen wohl erzählt, dass ich spät aufstehe und bis mittags in meinen Zimmern herumtrödele. Das stimmt und stimmt wiederum nicht. Ich bin sehr aktiv, Monsieur Maigret, und in Wahrheit fangen meine Tage sehr früh an.

Zum einen muss ich diesen großen Haushalt führen. Wenn ich nicht selbst bei den Lieferanten anrufen würde, wüsste ich weder, was wir essen würden, noch wie unsere Rechnungen am Ende des Monats aussähen.

Madame Vauquin ist eine ausgezeichnete Köchin,

aber das Telefon ist ihr immer noch unheimlich, sie stammelt dann jedes Mal herum.

Zum anderen rauben die Kinder mir viel Zeit. Sie sind zwar inzwischen groß, aber trotzdem muss ich mich noch um ihre Kleidung kümmern, ihren Tagesablauf. Ohne mich würde Gus das ganze Jahr in Drillichhosen, Pullover und Tennisschuhen herumlaufen.

Von meinen anderweitigen Unternehmungen ganz zu schweigen. So mancher begnügt sich damit, einen Scheck zu schicken, einer Benefizveranstaltung beizuwohnen, aber wenn es ans Arbeiten geht, dann drücken sich alle.«

Er wartete geduldig, höflich, so geduldig und so höflich, dass er es selbst kaum fassen konnte.

»Sie haben bestimmt auch ein sehr turbulentes Leben.«

»Wissen Sie, Madame, ich war immer nur Beamter.«

Sie lachte, zeigte dabei alle Zähne und ein Stück ihrer rosafarbenen Zunge. Eine sehr spitze Zunge, wie ihm auffiel. Madame Parendon war blond, fast rotblond, und hatte Augen, die gemeinhin grün genannt werden, aber eher von einem milchigen Grau waren.

War sie vierzig? Oder etwas älter? Etwas jünger? Fünfundvierzig? Es ließ sich nicht sagen, der Schönheitssalon hatte ganze Arbeit geleistet.

»Das muss ich unbedingt Jacqueline erzählen. Sie ist die Frau des Innenministers, eine gute Freundin.«

Gut, er war gewarnt! Sie hatte ihren ersten Trumpf schnell gespielt.

»Ich mag Ihnen vergnügt erscheinen. Aber glauben Sie mir, es ist nur Fassade. In Wirklichkeit, Monsieur Maigret, mache ich mir große Sorgen, sehr große sogar.«

Und ohne jeden Übergang sagte sie:

»Wie finden Sie meinen Mann?«

»Sehr sympathisch.«

»Natürlich. Das sagen alle. Ich meine aber …«

»Er ist sehr intelligent, bemerkenswert intelligent und …«

Sie wurde nervös. Sie wollte auf etwas anderes hinaus. Maigret betrachtete ihre Hände, die älter wirkten als ihr Gesicht.

»Außerdem glaube ich, dass er sehr sensibel ist.«

»Wenn Sie ganz offen wären, müssten Sie dann nicht sagen: übertrieben sensibel?«

Er öffnete den Mund, aber schon fuhr sie fort:

»Manchmal erschreckt mich, wie sehr er sich in sich zurückzieht. Er leidet. Ich habe es immer gewusst. Ich habe ihn aus Liebe geheiratet, aber auch ein wenig aus Mitleid.«

Er spielte den Begriffsstutzigen.

»Warum?«

Einen Augenblick lang verlor sie die Fassung.

»Aber … aber Sie haben ihn doch gesehen. Er hat sich bestimmt schon als Kind für sein Aussehen geschämt.«

»Er ist nicht groß. Andere …«

»Hören Sie, Herr Kommissar, reden wir nicht um den heißen Brei herum«, sagte sie gereizt. »Ich kenne seine erbliche Vorbelastung zwar nicht, aber andere Details. Seine Mutter hat im Laennec gearbeitet, als Hilfsschwester. Sie war erst sechzehn, als Professor Parendon ihr ein Kind gemacht hat. Warum hat er keinen Eingriff vorgenommen? Er war doch Chirurg. Hat sie ihm mit einem Skandal gedroht? Ich weiß es nicht. Ich weiß nur, dass Émile im siebten Monat zur Welt kam … eine Frühgeburt.«

»Die meisten Frühgeburten entwickeln sich ganz normal.«

»Finden Sie ihn normal?«

»Was meinen Sie damit?«

Nervös drückte sie ihre Zigarette aus und steckte sich sofort eine neue an.

»Entschuldigen Sie, Sie weichen mir aus. Sie wollen nicht verstehen.«

»Was verstehen?«

Sie hielt es nicht mehr aus, sie stand auf und begann, auf dem chinesischen Teppich hin und her zu laufen.

»Verstehen, warum ich beunruhigt bin, warum ich oft der Verzweiflung nahe bin. Seit fast zwanzig Jahren versuche ich, ihn zu beschützen, ihn glücklich zu machen, ihm ein normales Leben zu bieten.«

Schweigend rauchte er seine Pfeife und ließ sie nicht aus den Augen. Sie trug sehr elegante Pantoffeln, bestimmt Maßarbeit.

»Diese Briefe, von denen er mir erzählt hat … Ich weiß nicht, wer sie geschrieben hat, aber aus ihnen spricht genau meine Angst.«

»Wie lange haben Sie diese Angst schon?«

»Seit Wochen … Seit Monaten … Ich wage es kaum zu sagen: seit Jahren. Zu Beginn unserer Ehe war er immer an meiner Seite. Wir gingen zusammen aus, ins Theater, ins Restaurant …«

»Machte ihn das froh?«

»Er war entspannt. Aber wahrscheinlich hat er sich nirgends je wirklich wohl gefühlt, er schämt sich, nicht wie die anderen zu sein, schon immer anders gewesen zu sein.

Allein sein Entschluss, sich auf Seerecht zu spezialisieren? Wie kommt ein Mann wie er auf eine solche Idee? Trotz? Vor Gericht auftreten konnte er ja nicht.«

»Warum nicht?«

Sie blickte ihn niedergeschlagen an.

»Aber, Monsieur Maigret, das wissen Sie doch

so gut wie ich. Stellen Sie sich nur diesen blassen, schmächtigen Mann im großen Schwurgerichtssaal vor, wie er einen Mörder auf Leben und Tod verteidigt.«

Er sagte ihr lieber nicht, dass es im vergangenen Jahrhundert einmal einen Anwalt gegeben hatte, der nur einen Meter fünfundfünfzig groß und trotzdem ein ausgezeichneter Strafverteidiger gewesen war.

»Er wird immer menschenscheuer. Je älter er wird, desto mehr verbarrikadiert er sich. Wenn wir ein Diner geben, habe ich die größte Mühe, ihn dazu zu bringen teilzunehmen.«

Maigret fragte auch nicht:

»Wer macht die Gästeliste?«

Er hörte zu und beobachtete.

Er beobachtete und versuchte, sich nicht verwirren zu lassen. Das Bild, das diese überspannte Frau von ihrem Mann zeichnete, war zugleich richtig und falsch.

Was war richtig?

Was war falsch?

Das hätte er gern gewusst. Das Bild Émile Parendons wurde unscharf, die Konturen verschwammen. Die Gesichtszüge veränderten sich, je nachdem aus welchem Winkel man das Bild betrachtete.

Stimmte es, dass er sich in eine eigene Welt zurückgezogen hatte? In die Welt des Artikels 64? Ist der Mensch für seine Taten verantwortlich? Ist er es nicht? Parendon war nicht der Einzige, den diese Urfrage umtrieb; seit dem Mittelalter befassten sich die Konzile damit.

War er besessen davon? Maigret erinnerte sich an Parendons Blick, als er am Tag zuvor das Arbeitszimmer betreten hatte. Als wäre der Kommissar für ihn die Inkarnation des berühmten Artikels des Strafgesetzbuchs gewesen oder als könnte er ihn erklären.

Der Anwalt hatte ihn nicht gefragt, weshalb er gekommen war. Er hatte mit zitternder Stimme über den Artikel 64 geredet.

Es stimmte, dass …

Ja, er führte eine Art Einsiedlerleben in diesem Haus, das zu groß für ihn war, wie die Jacke eines Riesen.

Wie konnte er mit seinem schmächtigen Körper, mit all den Gedanken, die er in seinem Kopf wälzte, dieser aufgeregten Frau, deren Nervosität sich auf die ganze Umgebung übertrug, die Stirn bieten?

Es stimmte, dass …

Ja, er war eine halbe Portion! Ja, er war ein Gnom.

Aber manchmal, wenn niemand in der Nähe war, wenn die Gelegenheit günstig schien, schlief er mit Mademoiselle Vague.

Was war richtig? Was war falsch? Schützte Bambi

sich nicht vor ihrer Mutter, indem sie sich in die Archäologie flüchtete?

»Hören Sie, Monsieur Maigret, ich bin nicht so oberflächlich, wie man Ihnen gesagt haben mag. Ich bin eine Frau, die sich ihrer Verantwortung bewusst ist, die sich außerdem bemüht, sich nützlich zu machen. Unser Vater hat uns so erzogen, meine Schwestern und mich. Er war ein Mann der Pflicht.«

Oje! Der Kommissar mochte dieses Wort gar nicht. Der integre Richter, die Zierde des Richterstandes, der seinen Töchtern Pflichtgefühl beibrachte.

Trotzdem klang es aus ihrem Mund nicht falsch. Ihr Geist hatte keine Zeit, sich auf einen Satz zu konzentrieren, ihr Gesicht bewegte sich, ihr ganzer Körper bewegte sich, und ein Wort folgte auf das andere, ein Gedanke auf den anderen, ein Bild auf das andere.

»In diesem Hause herrscht die Angst, und ich spüre diese Angst am stärksten … Nein, glauben Sie nur nicht, ich hätte die Briefe geschrieben. Ich bin viel zu direkt für derart abwegige Mittel.

Wenn ich Sie hätte sprechen wollen, hätte ich Sie angerufen, so wie heute Morgen.

Ich habe Angst. Nicht so sehr um mich, sondern um ihn. Was er tun wird, weiß ich nicht, aber ich spüre, dass er etwas tun wird, dass er am Ende ist, dass eine Art Dämon ihn zu einer dramatischen Tat treibt.«

»Wie kommen Sie darauf?«

»Sie haben ihn doch gesehen.«

»Er kam mir sehr ruhig und ausgeglichen vor, und er hat einen ausgeprägten Sinn für Humor.«

»Einen beißenden, um nicht zu sagen, makabren Humor. Dieser Mann quält sich. Seine Tätigkeit nimmt ihn nicht mehr als zwei bis drei Tage in der Woche in Anspruch, und die meisten Recherchen übernimmt René Tortu.

Er liest Zeitschriften, schreibt Briefe an Leute, die er gar nicht kennt, aber deren Artikel er gelesen hat. Manchmal geht er tagelang nicht vor die Tür, sieht die Welt nur durch das Fenster. Immer dieselben Kastanienbäume, dieselbe Mauer um den Élysée-Palast, dieselben Menschen auf der Straße, hätte ich fast gesagt.

Sie waren zweimal hier und haben mich nicht sprechen wollen, dabei bin ich am stärksten betroffen. Ich bin seine Frau, vergessen Sie das nicht, selbst wenn er es manchmal zu vergessen scheint. Wir haben zwei Kinder, die uns brauchen.«

Sie steckte sich eine Zigarette an und gab ihm Zeit durchzuatmen. Es war ihre vierte. Sie rauchte gierig, ohne ihren Redestrom zu unterbrechen. Das Boudoir war bereits voller Qualm.

»Ich glaube nicht, dass Sie besser als ich voraussehen könnten, was er tun wird. Wird er sich selbst etwas antun? Durchaus möglich. Es würde mir entsetzlich wehtun, nachdem ich so viele Jahre versucht habe, ihn glücklich zu machen.

Ist es meine Schuld, wenn es mir nicht gelingt? Vermutlich werde ich das Opfer sein, schließlich hasst er mich mehr und mehr. Verstehen Sie das? Sein Bruder, der Neurologe, könnte es uns erklären. Er muss die Enttäuschungen, den Groll, die Demütigungen auf jemanden übertragen.«

»Entschuldigen Sie, wenn ich …«

»Lassen Sie mich bitte eins noch sagen. Morgen, übermorgen, irgendwann werden Sie vielleicht hergerufen werden und dann vor einer Leiche stehen. Das werde dann ich sein.

Ich habe ihm schon verziehen, denn ich weiß, dass er nicht verantwortlich ist und dass die Medizin trotz aller Fortschritte …«

»Halten Sie Ihren Mann für einen pathologischen Fall?«

Sie blickte ihn fast herausfordernd an.

»Ja.«

»Halten Sie ihn für geisteskrank?«

»Vielleicht.«

»Haben Sie mit einem Arzt gesprochen?«

»Ja.«

»Mit einem Arzt, der ihn kennt?«

»Wir sind mit mehreren Ärzten befreundet.«

»Was genau haben sie Ihnen gesagt?«

»Ich solle auf der Hut sein.«

»Auf der Hut wovor?«

»Wir sind nicht ins Detail gegangen. Es waren keine Konsultationen, sondern Unterhaltungen bei gesellschaftlichen Anlässen.«

»Waren alle der gleichen Meinung?«

»Mehrere.«

»Können Sie mir Namen nennen?«

Maigret zog absichtlich sein schwarzes Notizbuch aus der Tasche. Sie machte einen Rückzieher.

»Es wäre nicht richtig, Ihnen Namen zu nennen. Aber wenn Sie ihn von einem Facharzt untersuchen lassen wollen …«

Maigrets Miene war nicht länger geduldig und freundlich, das alles ging ihm zu weit.

»Als Sie angerufen haben, hatten Sie da schon diesen Gedanken?«

»Welchen Gedanken?«

»Mich mehr oder weniger direkt zu bitten, Ihren Mann von einem Psychiater untersuchen zu lassen.«

»Das habe ich nicht gesagt.«

»Aber man konnte es heraushören.«

»Dann haben Sie mich falsch verstanden, oder ich habe mich falsch ausgedrückt. Ich bin vielleicht zu offen, zu spontan. Die Wörter sprudeln nur so aus mir heraus. Ich habe Ihnen gesagt, dass ich Angst habe. Dass die Angst im Hause umgeht.«

»Und ich wiederhole: Angst wovor?«

Sie setzte sich wieder, als wäre sie am Ende ihrer Kräfte, und sah ihn entmutigt an.

»Ich weiß nicht, was ich Ihnen noch sagen soll, Herr Kommissar. Ich dachte, Sie würden verstehen, ohne dass ich zu sehr in die Einzelheiten gehen muss. Ich habe Angst um mich, um ihn.«

»Mit anderen Worten, Angst, dass er Sie tötet oder sich das Leben nimmt.«

»So ausgedrückt, klingt es absurd, ich weiß, alles scheint hier so friedlich.«

»Entschuldigen Sie die indiskrete Frage: Schlafen Sie noch miteinander?«

»Bis vor einem Jahr …«

»Was ist vor einem Jahr passiert, was hat sich verändert?«

»Ich habe ihn mit diesem Mädchen erwischt.«

»Mademoiselle Vague?«

»Ja.«

»In seinem Arbeitszimmer?«

»Es war ekelhaft.«

»Und seitdem schließen Sie Ihre Tür ab? Hat er versucht, in Ihr Schlafzimmer zu kommen?«

»Ein einziges Mal. Ich habe ihm gesagt, was mir auf dem Herzen lag, und er hat verstanden.«

»Er hat Sie nicht bedrängt?«

»Nicht einmal entschuldigt hat er sich. Er ist gegangen, einfach so, als hätte er sich in der Tür geirrt.«

»Hatten Sie Liebhaber?«

»Wie?«

Ihr Blick war hart und böse.

»Ich möchte wissen«, sagte er ruhig, »ob Sie Liebhaber hatten. So etwas kommt doch vor, oder?«

»Nicht in unserer Familie, Herr Kommissar, und wenn mein Vater hier wäre …«

»Als Richter würde Ihr Vater verstehen, dass es meine Pflicht ist, Ihnen diese Frage zu stellen. Sie haben vorhin von einer allgegenwärtigen Angst gesprochen, von einer Gefährdung für Sie und Ihren Mann. Sie haben mir indirekt geraten, ihn von einem Psychiater untersuchen zu lassen. Es liegt also nahe …«

»Verzeihen Sie, ich habe mich im Ton vergriffen. Nein, ich hatte keine Liebhaber und werde auch nie welche haben.«

»Besitzen Sie eine Waffe?«

Sie erhob sich und ging mit schnellen Schritten ins Nebenzimmer. Gleich darauf kam sie wieder und reichte Maigret einen kleinen Revolver mit Perlmuttgriff.

»Vorsicht, er ist geladen.«

»Haben Sie ihn schon lange?«

»Eine Freundin mit Sinn für schwarzen Humor hat ihn mir zur Hochzeit geschenkt.«

»Haben Sie keine Angst, dass die Kinder …«

»Sie kommen selten in mein Schlafzimmer, und

als sie noch jünger waren, lag diese Waffe immer in einer abgeschlossenen Schublade.«

»Und Ihre Jagdgewehre?«

»Sie sind in einer Schutzhülle in der Remise, wo wir auch unsere Koffer und Golftaschen aufbewahren.«

»Ihr Mann spielt Golf?«

»Ich habe versucht, ihn dafür zu begeistern, aber schon beim dritten Loch war er außer Atem …«

»Ist er oft krank?«

»Selten ernsthaft. Das Schlimmste war eine Rippenfellentzündung, wenn ich mich recht entsinne. Aber er hat häufig irgendein Wehwehchen, Husten, Schnupfen, solche Sachen.«

»Lässt er dann seinen Arzt kommen?«

»Natürlich.«

»Einen Ihrer Freunde?«

»Nein. Ein Arzt aus dem Viertel, Doktor Martin, er wohnt in der Rue du Cirque hinter uns.«

»Hat Doktor Martin Sie nie beiseitegenommen?«

»Nein. Aber ich habe ein paarmal im Flur gewartet, um ihn zu fragen, ob mein Mann nichts Ernstes habe.«

»Und was hat er geantwortet?«

»Dass Männer wie er sehr alt werden. Er hat Voltaire angeführt, der …«

»Ich kenne den Fall. Hat er Ihnen nie empfohlen, einen Spezialisten aufzusuchen?«

»Nein. Nur …«

»Nur?«

»Sie werden meine Worte ja doch wieder falsch deuten.«

»Versuchen Sie es trotzdem.«

»Mein Mann hat offenbar einen ausgezeichneten Eindruck auf Sie gemacht. Damit habe ich gerechnet. Ich will nicht sagen, dass er bewusst eine Rolle spielt. Fremden gegenüber ist er fröhlich und tut so, als wäre er kerngesund. Bei Doktor Martin ist es genauso.«

»Und bei Ihren Angestellten?«

»Er befasst sich nicht mit dem Personal.«

»Wie meinen Sie das?«

»Er maßregelt sie nicht. Das überlässt er mir, ich bin immer die Böse.«

Maigret erstickte beinahe in diesem Boudoir. Das Sesselchen war zu weich, und das Blau ringsum wurde ihm unerträglich. Er stand auf und hätte sich fast gereckt und gestreckt, als wäre er in seinem Büro.

»Haben Sie mir noch etwas zu sagen?«

Sie war ebenfalls aufgestanden und musterte ihn so, wie er sie musterte.

»Das wäre doch sinnlos.«

»Möchten Sie, dass ich einen Inspektor schicke, damit die Wohnung bewacht ist?«

»Die Idee ist einfach lächerlich.«

»Nicht, wenn ich Ihre Ahnungen ernst nehme.«

»Das sind keine Ahnungen.«

»Aber auch keine Tatsachen.«

»Noch nicht.«

»Fassen wir zusammen: Seit einiger Zeit zeigt Ihr Mann Zeichen einer geistigen Störung …«

»Das sagen Sie!«

»Er verschließt sich, und sein Verhalten beunruhigt Sie.«

»Das kommt der Wahrheit schon näher.«

»Sie fürchten um sein Leben oder um Ihres.«

»Ja, das stimmt.«

»Welches halten Sie für gefährdeter?«

»Wenn ich das nur wüsste.«

»Jemand, der hier lebt oder sich leicht Zugang verschaffen kann, hat zwei Briefe an den Quai geschickt, in denen ein Mord angekündigt wird. In meiner Abwesenheit hat außerdem jemand angerufen, der …«

»Warum haben Sie mir das nicht gesagt?«

»Weil ich Ihnen zugehört habe. Dieser sehr kurze Anruf bestätigt nur, was in den Briefen steht. Der Unbekannte oder die Unbekannte hat ungefähr Folgendes gesagt: ›Sagen Sie Kommissar Maigret, dass es bald so weit ist.‹«

Er sah, dass sie blass wurde. Das war nicht gespielt. Trotz der Schminke war ihr Gesicht plötzlich aschfahl. Die Mundwinkel fielen nach unten.

»Oh!«

Sie senkte den Kopf, und ihr schlanker Körper schien all seine Energie einzubüßen. Er vergaß seinen Ärger und hatte plötzlich Mitleid mit ihr.

»Sie wollen immer noch nicht, dass ich jemanden zu Ihnen schicke?«

»Wozu?«

»Wie meinen Sie das?«

»Wenn etwas geschehen soll, dann wird die Anwesenheit eines Polizeibeamten es auch nicht verhindern.«

»Wissen Sie, dass Ihr Mann einen Browning besitzt?«

»Ja.«

»Und weiß er von Ihrer Pistole?«

»Natürlich.«

»Und Ihre Kinder?«

Außer sich, den Tränen nahe, rief sie:

»Meine Kinder haben mit all dem nichts zu tun, verstehen Sie das nicht? Sie kümmern sich nur um sich selbst, nicht um uns. Sie leben ihr eigenes Leben. Über unser Leben, das, was davon noch übrig ist, machen sie sich lustig.«

Es war, als ob gewisse Themen sie automatisch in Erregung versetzten.

»Gehen Sie! Entschuldigen Sie, dass ich Sie nicht hinausbegleite … Was habe ich mir nur erhofft? Komme, was wolle. Gehen Sie wieder zu meinem

Mann oder zu diesem Mädchen. Adieu, Monsieur Maigret.«

Sie hatte ihm die Tür geöffnet, wartete, bis er hinausgegangen war, und schloss sie. Schon im Flur schien es dem Kommissar, als käme er aus einer anderen Welt. Allein das Blau des Boudoirs lastete noch auf ihm.

Durch ein Fenster blickte er auf den Hof, wo ein Chauffeur einen Wagen polierte. Es war nicht der Chauffeur vom Vormittag, auch der Wagen war ein anderer. Die Sonne schien immer noch, und es wehte ein leichter Wind.

Er war versucht, seinen Hut aus der Diele zu holen und, ohne ein Wort, das Haus zu verlassen. Aber dann ging er doch in Mademoiselle Vagues Büro.

Sie trug einen weißen Kittel über ihrem Kleid und fotokopierte Dokumente. Die Jalousien waren herabgelassen, dünne Lichtstrahlen fielen in den Raum.

»Möchten Sie zu Monsieur Parendon?«

»Nein.«

»Umso besser, er ist in einer Besprechung mit zwei wichtigen Klienten. Der eine kommt aus Amsterdam, der andere aus Athen. Beide Reeder, und …«

Er hörte gar nicht hin. Sie zog die Jalousien hoch, und die Sonne flutete das kleine Zimmer.

»Sie wirken erschöpft.«

»Ich habe eine Stunde bei Madame Parendon verbracht.«

»Ich weiß.«

Er blickte auf das Telefon.

»Haben Sie Madame Parendon mit dem Quai des Orfèvres verbunden?«

»Nein. Ich wusste gar nicht, dass sie telefoniert hat. Lise war hier, um mich um eine Briefmarke zu bitten, sie hat ...«

»Lise?«

»Das Dienstmädchen.«

»Das weiß ich. Aber was für ein Mensch ist sie?«

»Ein einfaches Mädchen, wie ich. Wir kommen beide aus der Provinz, ich aus einer Kleinstadt, sie vom Land. Da ich etwas gelernt habe, bin ich Sekretärin geworden. Sie hat nichts gelernt und ist Dienstmädchen geworden.«

»Wie alt ist sie?«

»Dreiundzwanzig. Ich kenne von jedem hier das Alter, ich kümmere mich um die Unterlagen für die Sozialversicherung.«

»Ist sie loyal?«

»Sie macht das, was man ihr sagt, sorgfältig, sie hat keine Lust, ihre Stelle zu verlieren.«

»Hat sie Liebhaber?«

»An ihrem freien Tag, samstags ...«

»Ist sie intelligent genug, um solche Briefe zu schreiben?«

»Bestimmt nicht.«

»Wussten Sie, dass Madame Parendon Sie vor etwa einem Jahr mit ihrem Mann ertappt hat?«

»Ich habe Ihnen gesagt, dass es ein Mal passiert ist. Vielleicht hat sie auch sonst noch ein paarmal die Tür ganz leise auf- und zugemacht.«

»Hat Parendon Ihnen anvertraut, dass seine Frau nicht mehr mit ihm schlafen wollte?«

»Dazu ist es sowieso nur selten gekommen.«

»Warum?«

»Weil er sie nicht liebt.«

»Nicht liebt oder nicht mehr liebt?«

»Das hängt davon ab, was man unter ›Liebe‹ versteht. Er ist ihr bestimmt dankbar gewesen, dass sie ihn geheiratet hat, und hat sich viele Jahre bemüht, ihr diese Dankbarkeit zu zeigen.«

Maigret lächelte bei dem Gedanken, dass ganz in der Nähe zwei Reeder großer Tankerflotten aus weit voneinander entfernten Ländern ihr Wohl in die Hände dieses kleinen Mannes legten, über den Mademoiselle Vague und er auf diese Weise sprachen.

Für sie war er kein seltsamer Gnom, kein halb impotenter, verschlossener Mensch, der krankhafte Gedanken wälzte, sondern eine der Leuchten des Seerechts. Und während die drei Männer Hunderte von Millionen hin und her schoben, kleidete sich eine wütende oder betrübte, in jedem Fall aber enttäuschte Madame Parendon für ihre Verabredung um vier Uhr an.

»Wollen Sie sich nicht setzen?«

»Vielleicht werfe ich noch einen Blick ins andere Büro.«

»Julien Baud ist da, Tortu ist im Palais de Justice.«

Er machte eine vage Geste.

»Dann eben Julien Baud!«

4

Maigret hätte meinen können, er käme in eine andere Wohnung. Dort die gepflegten, feierlich erstarrten Räume, wie Präsident Gassin de Beaulieu sie geprägt hatte, hier das unordentliche und ungepflegte Büro, das René Tortu mit dem jungen Julien Baud teilte.

Auf dem Schreibtisch am Fenster, einem gewöhnlichen Bürotisch, häuften sich unzählige Akten, und die Kieferregale waren vollgestopft mit grünen Ordnern. Auch auf dem gebohnerten Parkett lagen Ordner.

Julian Bauds Schreibtisch war ein alter Küchentisch und die Schreibunterlage aus Packpapier, das mit Reißzwecken am Holz befestigt war. An der Wand klebten Zeitungsausschnitte mit Bildern von nackten Frauen. Baud war gerade damit beschäftigt, Briefe zu wiegen und zu frankieren, als der Kommissar die Tür öffnete. Er hob den Kopf, keine Regung war in seinem Gesicht zu lesen, er schien sich nur zu fragen, was der Kommissar hier wollte.

»Suchen Sie Tortu?«

»Nein. Ich weiß, dass er im Palais de Justice ist.«

»Er wird bald zurückkommen.«

»Ich suche ihn nicht.«

»Wen dann?«

»Niemanden.«

Ein kräftiger junger Mann mit rotem Haar und Sommersprossen. Seine wie Porzellan schimmernden blauen Augen drückten vollkommene Ruhe aus.

»Möchten Sie sich nicht setzen?«

»Nein.«

»Wie Sie wollen.«

Er wog weiter die Briefe, darunter große, gepolsterte Umschläge, und schlug in einem kleinen Heft die Portokosten für die verschiedenen Länder nach.

»Macht Ihnen das Spaß?«, fragte Maigret.

»Ach, wissen Sie, seit ich in Paris bin …«

Er hatte einen leichten, erfrischenden Akzent, dehnte bestimmte Silben.

»Woher sind Sie?«

»Aus Morges. Am Genfersee. Kennen Sie das?«

»Ich bin einmal durchgefahren.«

»Hübsch, nicht wahr?«

Aus »hübsch« wurde »hüüübsch«, und das »nicht wahr« sang er geradezu.

»Ja, es ist hübsch. Was denken Sie über dieses Haus?«

Er verstand nicht, was Maigret eigentlich meinte.

»Es ist groß.«

»Wie verstehen Sie sich mit Monsieur Parendon?«

»Ich sehe ihn nicht oft. Ich bin hier fürs Aufkleben der Briefmarken zuständig, gehe zur Post, mache Besorgungen, verschnüre die Pakete. Ich bin nur ein Rädchen im Getriebe. Manchmal kommt der Chef herein, klopft mir auf die Schulter und fragt:

›Wie geht's, junger Mann?‹

Die Dienstboten nennen mich den kleinen Schweizer, obwohl ich einen Meter achtzig groß bin.«

»Verstehen Sie sich gut mit Mademoiselle Vague?«

»Sie ist nett.«

»Was halten Sie von ihr?«

»Sie steht auf der anderen Seite, auf der Chefseite.«

»Wie meinen Sie das?«

»So, wie ich's sage. Die haben ihre Arbeit, und wir haben unsere. Wenn der Chef jemanden braucht, dann nicht mich, sondern sie.«

Er wirkte naiv, aber der Kommissar war sich nicht sicher, ob diese Naivität nicht bloß gespielt war.

»Ich habe gehört, dass Sie Bühnenautor werden wollen.«

»Ich versuche, Stücke zu schreiben. Ich habe schon zwei geschrieben, aber die sind schlecht. Als Waadtländer muss ich mich erst noch an Paris gewöhnen.«

»Hilft Ihnen Tortu?«

»Wobei?«

»Paris kennenzulernen, indem er zum Beispiel mit Ihnen ausgeht.«

»Er ist noch nie mit mir ausgegangen. Er hat anderes zu tun.«

»Was?«

»Seine Verlobte, seine Freunde. Als ich an der Gare de Lyon aus dem Zuge stieg, wusste ich gleich: Hier ist jeder allein.«

»Sehen Sie Madame Parendon oft?«

»Ziemlich oft, vor allem vormittags. Wenn sie vergessen hat, einen Lieferanten anzurufen, kommt sie zu mir. ›Mein kleiner Baud, würden Sie bitte eine Lammkeule bestellen und fragen, ob sie sofort geliefert werden kann? Falls niemand abkömmlich ist, können Sie dann selbst rasch hingehen?‹ Und dann gehe ich zum Metzger, zum Fischhändler, und wenn sie einen Kratzer am Schuh hat, gehe ich auch zum Schuster. Immer heißt es: ›Mein kleiner Baud …‹ Oder eben Briefmarken kleben.«

»Was halten Sie von ihr?«

»Vielleicht wird sie eine Figur in einem Stück von mir.«

»Weil sie so extravagant ist?«

»Hier ist niemand normal. Sie haben alle eine Meise.«

»Ihr Chef auch?«

»Er ist natürlich sehr intelligent, sonst könnte er seinen Beruf nicht ausüben, aber er spinnt auch. Mit all dem Geld, das er verdient, könnte er doch etwas anderes tun, als ewig an seinem Schreibtisch oder in seinem Sessel zu sitzen. Er ist nicht sehr robust, aber das hindert einen doch nicht …«

»Wissen Sie von seiner Beziehung zu Mademoiselle Vague?«

»Das wissen alle. Aber davon könnte er sich zehn oder sogar hundert leisten, wenn Sie verstehen, was ich meine.«

»Und die Beziehung zu seiner Frau?«

»Was für eine Beziehung? Sie leben in derselben Wohnung, treffen sich im Flur, wie Leute sich auf der Straße treffen. Einmal musste ich sie beim Mittagessen stören. Ich war allein im Büro und ein wichtiges Telegramm war angekommen … Sie saßen da wie in einem Restaurant, wie Gäste, die sich nicht kennen.«

»Sie scheinen sie nicht sehr zu mögen.«

»Ich hab's gar nicht so schlecht getroffen. Sie liefern mir Figuren.«

»Komische?«

»Komische und tragische, wie das Leben …«

»Haben Sie von den Briefen gehört?«

»Natürlich.«

»Haben Sie eine Ahnung, wer sie geschrieben hat?«

»Das kann jeder hier gewesen sein, auch ich.«

»Waren Sie es?«

»Nein. So etwas ist mir fremd.«

»Verstehen Sie sich gut mit Mademoiselle?«

»Mademoiselle Bambi?«

Er zuckte mit den Schultern.

»Ich weiß nicht, ob sie mich auf der Straße erkennen würde. Wenn sie etwas braucht, Papier, eine Schere, irgendetwas, kommt sie herein, nimmt es sich, ohne ein Wort zu sagen, und geht dann wieder.«

»Stolz?«

»Glaub ich nicht. Sie ist wohl einfach so.«

»Glauben Sie auch, dass es zu einem Unglück kommen könnte?«

Er blickte Maigret mit seinen großen blauen Augen an.

»Ein Unglück kann sich überall ereignen. Letztes Jahr wurde genau vor dem Haus ein liebes altes Mütterchen von einem Bus überfahren. Eine Sekunde vorher hatte sie nichts davon geahnt. Die Sonne schien an dem Tag genauso schön wie heute.«

Man hörte eilige Schritte im Flur.

Ein junger Mann von etwa dreißig Jahren öffnete die Tür und blieb abrupt stehen.

»Treten Sie ein, Monsieur Tortu.«

Er trug eine Aktentasche und machte einen sehr geschäftigen Eindruck.

»Kommissar Maigret, nehme ich an?«

»Sie gehen recht in Ihrer Annahme.«

»Wollten Sie mich sprechen? Warten Sie schon lange auf mich?«

»Eigentlich warte ich auf niemanden.«

Er war ein recht hübscher junger Mann, mit dunklem Haar, gut geschnittenen Zügen und herausforderndem Blick. Er würde sich im Leben durchsetzen.

»Wollen Sie nicht Platz nehmen?«, fragte er, ging zu seinem Schreibtisch und legte die Aktentasche ab.

»Ich habe schon genug gesessen … Wir haben uns gerade unterhalten, Ihr junger Kollege und ich.«

Das Wort Kollege schockierte René Tortu sichtlich, und er warf Baud einen bösen Blick zu.

»Ich hatte wichtige Dinge im Palais de Justice zu erledigen.«

»Ich weiß. Sind Sie oft dort?«

»Immer wenn ein Vergleich unmöglich ist. Maître Parendon geht selten selbst. Wir bereiten die Akten vor, und dann obliegt es mir …«

»Verstehe.«

Tortu hatte keinen Zweifel an seiner Bedeutsamkeit.

»Was halten Sie von Maître Parendon?«

»Als Mensch oder als Jurist?«

»Beides.«

»Als Jurist ist er all seinen Kollegen haushoch überlegen. Er hat ein untrügliches Gespür für die Schwachpunkte der gegnerischen Argumentation.«

»Und als Mensch?«

»Da ich für ihn arbeite, sozusagen sein einziger Mitarbeiter bin, steht mir darüber kein Urteil zu.«

»Finden Sie ihn schwächlich?«

»An das Wort hätte ich nicht gedacht. Aber wäre ich an seiner Stelle oder in seinem Alter, würde ich ein aktiveres Leben führen.«

»Zum Beispiel an den Gesellschaften seiner Frau teilnehmen, mit ihr ins Theater oder Restaurant gehen?«

»Vielleicht. Man kann nicht nur mit Büchern und Akten leben.«

»Haben Sie die Briefe gelesen?«

»Maître Parendon hat mir Fotokopien gezeigt.«

»Halten Sie das für einen Scherz?«

»Vielleicht. Ich muss allerdings gestehen, dass ich nicht allzu viel darüber nachgedacht habe.«

»Immerhin kündigen sie ein Drama hier im Haus an.«

Tortu sagte nichts. Er nahm Papiere aus seiner Tasche und sortierte sie in Aktenordner.

»Würden Sie eine Madame Parendon in jung heiraten?«

Tortu sah ihn erstaunt an.

»Ich bin schon verlobt. Hat man Ihnen das nicht gesagt? Es kann also keine Rede davon sein …«

»Ich wollte Sie damit fragen, was Sie von ihr halten.«

»Sie ist unternehmungslustig, intelligent und versteht es, Beziehungen …«

Er blickte plötzlich zur Tür, wo ebenjene Frau stand, von der sie sprachen. Sie trug einen Leopardenmantel über einem schwarzen Seidenkleid. Entweder wollte sie ausgehen oder sie war gerade nach Hause gekommen.

»Sie sind ja noch hier«, sagte sie erstaunt und musterte den Kommissar mit kaltem, ruhigem Blick.

»Wie Sie sehen.«

Es war schwer zu sagen, wie lange sie im Flur gestanden und was sie gehört hatte. Maigret begriff, was Mademoiselle Vague gemeint hatte, als sie davon sprach, dass man nie wisse, ob man in der Wohnung belauscht werde.

»Mein kleiner Baud, rufen Sie bitte Comtesse de Prange an und sagen Sie ihr, ich käme eine gute Viertelstunde später. Ich sei in letzter Minute aufgehalten worden. Mademoiselle Vague ist bei meinem Mann und diesen Herren …«

Sie verließ den Raum, nachdem sie Maigret mit einem letzten eisigen Blick bedacht hatte. Julien Baud nahm den Telefonhörer ab. Tortu musste sehr zufrieden sein: Wenn Madame Parendon seine letzten Antworten gehört hatte, konnte sie ihm nur dankbar sein.

»Hallo … Ist das der Anschluss von Comtesse de Prange?«

Maigret zuckte mit den Schultern und ging hinaus. Julien Baud gefiel ihm, und vielleicht würde der junge Mann wirklich als Bühnenautor Karriere machen. Tortu dagegen mochte er nicht, wenngleich ohne Grund.

Die Tür zu Mademoiselle Vagues Büro stand offen, aber es war niemand da. Aus Parendons Arbeitszimmer drang Gemurmel.

Als er in der Diele nach seinem Hut griff, sah er sich plötzlich Ferdinand gegenüber.

»Stehen Sie den ganzen Tag bei der Tür?«

»Nein, Herr Kommissar. Ich habe nur gedacht, Sie würden sicher bald gehen. Madame ist vor wenigen Minuten aus dem Haus.«

»Ich weiß. Haben Sie mal im Gefängnis gesessen, Ferdinand?«

»Nur im Militärgefängnis, in Afrika.«

»Sind Sie Franzose?«

»Ich bin aus Aubagne.«

»Wie kommt es dann, dass Sie in die Fremdenlegion eingetreten sind?«

»Ich war jung, ich habe ein paar Dummheiten gemacht.«

»In Aubagne?«

»In Toulon. Schlechter Umgang. Als mir dann klar wurde, dass das ein böses Ende nehmen würde, bin ich zur Fremdenlegion gegangen. Ich habe mich als Belgier ausgegeben.«

»Haben Sie sich später noch einmal etwas zuschulden kommen lassen?«

»Ich arbeite seit acht Jahren für Monsieur Parendon, er hat sich nie über mich beklagt.«

»Mögen Sie Ihre Arbeit?«

»Es gibt Schlechteres.«

»Ist Monsieur Parendon nett zu Ihnen?«

»Er ist eine Seele von Mensch.«

»Und Madame?«

»Unter uns, sie ist eine Zicke.«

»Macht sie Ihnen das Leben schwer?«

»Sie macht allen das Leben schwer. Sie ist überall, kontrolliert alles, beschwert sich über alles. Zum Glück liegt mein Zimmer über den Garagen.«

»Weil Ihre kleinen Freundinnen Sie dort besuchen können?«

»Wenn es so wäre und sie davon Wind bekäme, würde sie mich sofort entlassen. Ihrer Meinung nach sollten alle Bediensteten kastriert sein … Nein, dort kann ich wenigstens frei atmen. Und außerdem ausgehen, wann es mir beliebt. Auch wenn ich über eine Klingelleitung mit der Wohnung verbunden bin und rund um die Uhr zu Diensten stehen soll, wie Madame sagt.«

»Hat sie schon einmal nachts nach Ihnen geklingelt?«

»Drei- oder viermal. Bestimmt nur, um sich zu vergewissern, dass ich da bin.«

»Unter welchem Vorwand?«

»Einmal hatte sie ein verdächtiges Geräusch gehört, und ich musste mit ihr in allen Zimmern nach einem Einbrecher suchen.«

»War es eine Katze?«

»Es gibt hier weder Katzen noch Hunde. Sie würde das nicht ertragen. Als Monsieur Gus klein war, hat er sich zu Weihnachten einen kleinen Hund gewünscht, stattdessen hat er eine elektrische Eisenbahn bekommen. Niemals habe ich einen Jungen so wütend gesehen.«

»Und die anderen Male?«

»Beim zweiten Mal war es Brandgeruch, und beim dritten … Warten Sie … Ah ja, sie hat an der Tür von Monsieur gestanden und ihn nicht atmen hören. Ich musste hineingehen und nachsehen, ob er noch lebt.«

»Sie konnte nicht selbst hineingehen?«

»Sie hatte wohl ihre Gründe … Ich kann mich wirklich nicht beklagen. Sie geht jeden Nachmittag und fast jeden Abend aus, so habe ich oft meine Ruhe.«

»Verstehen Sie sich gut mit Lise?«

»Ganz gut. Sie ist ein hübsches Ding … Eine Zeit

lang … Sie verstehen, was ich meine … Sie braucht Abwechslung. Fast jeden Samstag ist es ein anderer. Und da ich nicht gern teile …«

»Und Madame Vauquin?«

»Eine alte Kuh!«

»Hat sie etwas gegen Sie?«

»Sie gibt so kleine Portionen aus, als wären wir Kostgänger, und noch knauseriger ist sie mit dem Wein. Bestimmt weil ihr Mann ein Säufer ist. Mindestens zweimal die Woche verprügelt er sie. Sie hasst alle Männer.«

»Und Madame Marchand?«

»Ich sehe sie fast nur beim Staubsagen. Sie redet nicht gern. Eigentlich bewegt sie die Lippen nur, wenn sie allein ist. Vielleicht betet sie dann.«

»Mademoiselle?«

»Weder hochmütig noch affektiert. Schade, dass sie immer so traurig ist.«

»Glauben Sie, dass sie Liebeskummer hat?«

»Ich weiß es nicht. Es ist vielleicht die Atmosphäre im Haus.«

»Haben Sie von den Briefen gehört?«

Er schien verlegen.

»Um die Wahrheit zu sagen, ja. Aber ich habe sie nicht gelesen.«

»Wer hat Ihnen davon berichtet?«

Er wirkte noch verlegener und tat so, als müsste er angestrengt nachdenken.

»Ich weiß es nicht. Ich komme, ich gehe, spreche ein paar Worte mit dem einen und dem anderen …«

»Mademoiselle Vague?«

»Nein. Sie spricht nie über die Angelegenheiten von Monsieur.«

»Monsieur Tortu?«

»Der behandelt mich, als wäre er der zweite Chef.«

»Julien Baud?«

»Vielleicht. Wirklich, ich weiß es nicht mehr. Vielleicht wurde in der Anrichte …«

»Wissen Sie, ob es im Haus Waffen gibt?«

»Monsieur hat einen 38er Colt in der Schublade seines Nachttischs. Patronen habe ich aber im Schlafzimmer keine gesehen.«

»Räumen Sie sein Schlafzimmer auf?«

»Das gehört zu meinen Pflichten. Ich serviere natürlich auch bei Tisch.«

»Wissen Sie von einer anderen Waffe?«

»Das kleine Spielzeug von Madame, ein 6.35, hergestellt in Herstal. Man müsste schon aus nächster Nähe schießen, um damit jemandem wehzutun.«

»Hat sich die Atmosphäre im Haus in der letzten Zeit verändert?«

Er schien zu überlegen.

»Möglich. Bei Tisch wurde nie viel gesprochen. Jetzt, würde ich sagen, sprechen sie gar nicht mehr. Monsieur Gus und Mademoiselle wechseln manchmal ein paar Worte, aber nur selten.«

»Glauben Sie, was in den Briefen steht?«

»Ungefähr so wie an Astrologie. Nach meinem Zeitungshoroskop müsste ich mindestens einmal die Woche einen großen Batzen Geld bekommen.«

»Sie glauben also nicht, dass etwas passieren könnte?«

»Nicht wegen der Briefe.«

»Sondern?«

»Ich weiß es nicht.«

»Finden Sie Monsieur Parendon seltsam?«

»Das hängt davon ab, was man unter seltsam versteht. Jeder hat seine eigene Vorstellung vom Leben. Wenn er so zufrieden ist … Jedenfalls ist er nicht verrückt. Ich würde sogar sagen: im Gegenteil.«

»Ist sie verrückt?«

»Keine Spur! Madame ist schlau wie ein Fuchs.«

»Ich danke Ihnen, Ferdinand.«

»Ich tue mein Bestes, Herr Kommissar. Ich habe gelernt, dass man der Polizei besser nichts vormacht.«

Die Tür schloss sich. Maigret stieg die breite Treppe mit dem schmiedeeisernen Geländer hinunter. Er hob die Hand zum Gruß, als er an dem Concierge vorbeiging, der wie ein Palastdiener herausgeputzt war. Draußen, auf der Straße, atmete er erleichtert die frische Luft ein.

Er erinnerte sich an eine nette kleine Bar an der Ecke Avenue Marigny und Rue du Cirque. Wenige

Minuten später lehnte er am Tresen. Er überlegte, was er trinken sollte, und bestellte schließlich ein Bier. Die Atmosphäre bei den Parendons setzte ihm körperlich zu. Aber wäre es nicht genauso gewesen, wenn er so viel Zeit in einer anderen Familie verbracht hätte?

Vielleicht nicht ganz so stark. Aber vermutlich hätte es auch dort die gleichen Kränkungen, die gleichen Gemeinheiten und Ängste und in jedem Fall die gleichen Widersprüche gegeben.

Nicht herumphilosophieren, Maigret!

Untersagte er sich das Grübeln aus Prinzip? Er hatte die beiden Kinder nicht gesehen, auch die Köchin und die Putzfrau nicht. Das Dienstmädchen, in schwarzem Kleid, mit weißer Schürze und besticktem Häubchen, nur von fern.

Ihm fiel Doktor Martin ein, Parendons Hausarzt, der in der Rue du Cirque wohnte.

»Wie viel macht das?«

Er sah das Schild an der Hauswand, ging hoch in den dritten Stock und wurde in ein Wartezimmer geführt, in dem drei Patienten saßen. Entmutigt wandte er sich zum Gehen.

»Wollen Sie nicht zum Doktor?«

»Ich bin nicht wegen einer Krankheit hier ... Ich werde ihn anrufen.«

»Wie ist Ihr Name?«

»Kommissar Maigret.«

»Soll ich ihm nicht sagen, dass Sie hier sind?«

»Es wäre mir unangenehm, wenn seine Patienten warten müssten.«

Es gab noch den anderen Parendon, den Bruder, aber der war ebenfalls Arzt, und Maigret wusste durch seinen Freund Pardon nur zu genau, wie es bei Pariser Ärzten zuging.

Er hatte keine Lust, den Bus oder die Metro zu nehmen. Erschöpft ließ er sich auf den Rücksitz eines Taxis fallen.

»Zum Quai des Orfèvres.«

»Ja, Monsieur Maigret.«

Er freute sich nicht mehr darüber. Früher war er stolz gewesen, wenn man ihn erkannte. Aber seit einigen Jahren ging es ihm auf die Nerven.

Wie würde er dastehen, wenn in der Avenue Marigny nichts geschah? Er hatte es nicht einmal gewagt, beim Rapport die Briefe zu erwähnen. Seit zwei Tagen vernachlässigte er seinen Schreibtisch und verbrachte den Großteil seiner Zeit in einem Haus unter Leuten, deren Leben ihn nichts anging.

Es gab andere Fälle, keine sehr wichtigen zum Glück, um die er sich aber trotzdem kümmern musste.

Hatten die Briefe und der Anruf am Mittag sein Bild von diesen Leuten verzerrt? Madame Parendon schien ihm keine gewöhnliche Frau, wie sie einem auf der Straße begegnet. Er sah sie vor sich, im Blau ihres Boudoirs, in ihrem blauen Morgenrock, wie sie ihm voller Pathos eine Art Tragödie vorspielte.

Auch Parendon war für ihn nicht mehr ein Mann wie jeder andere. Der Gnom blickte ihn aus seinen hellen Augen an, die durch die dicken Brillengläser riesig wirkten. Maigret versuchte vergeblich, in ihnen zu lesen.

Die anderen ... Mademoiselle Vague, dieser große rothaarige Teufel Julien Baud, Tortu, der plötzlich zur Tür blickte, in der wie durch ein Wunder Madame Parendon stand ...

Er zuckte mit den Schultern. Als das Taxi am Quai des Orfèvres hielt, suchte er in seinen Taschen nach Kleingeld.

Im Büro bedrängten ein Dutzend Inspektoren ihn mit ihren Problemen. Anschließend öffnete er die Post, die in seiner Abwesenheit eingetroffen war, unterschrieb einen Stapel Papiere. Während er so in der süßen Ruhe seines Büros seiner Arbeit nachging, musste er doch immerzu an das Haus in der Avenue Marigny denken.

Er spürte ein Unbehagen, das er nicht abzuschütteln vermochte. Er hatte alles getan, was er tun konnte. Es lag kein Verbrechen vor, auch kein Vergehen. Niemand hatte die Polizei wegen eines konkreten Anliegens gerufen. Niemand hatte Anzeige erstattet.

Trotzdem hatte er stundenlang die kleine Welt studiert, die um Émile Parendon kreiste.

Vergeblich versuchte er sich an einen Präzedenzfall zu erinnern. Dabei hatte er schon die absonderlichsten Situationen erlebt.

Um Viertel nach fünf brachte man ihm einen Rohrpostbrief. Als er die Druckbuchstaben sah, wusste er gleich Bescheid.

Laut Stempel war der Brief um halb fünf im Postamt in der Rue de Miromesnil aufgegeben worden. Eine Viertelstunde nachdem Maigret das Haus der Parendons verlassen hatte.

Er öffnete den Brief. Das Blatt und auch die Buchstaben waren kleiner als bei den anderen Briefen. Als Maigret die Briefe miteinander verglich, sah er, dass dieser weniger sorgfältig, vielleicht in fiebriger Hast geschrieben worden war.

Herr Hauptkommissar,

als ich Ihnen meinen ersten Brief schrieb und Sie bat, mir mittels einer kleinen Annonce zu antworten, konnte ich nicht ahnen, dass Sie sich Hals über Kopf in diese Sache stürzen würden. Ich hatte Ihnen in weiteren Briefen unerlässliche Details mitteilen wollen.

Mit Ihrem übereilten Handeln haben Sie alles verdorben, Sie stecken fest, wie Sie selbst festgestellt haben werden. Sie haben den Mörder heute in gewisser Weise provoziert, und ich bin überzeugt, dass er sich Ihretwegen gezwungen fühlt zuzuschlagen.

Ich täusche mich vielleicht, aber ich glaube, es wird in den nächsten Stunden geschehen. Ich kann Ihnen nicht mehr helfen. Es tut mir leid. Ich grolle Ihnen nicht.

Maigret las den Brief mit ernster Miene, las ihn noch einmal und ging dann zur Tür, um Janvier und Lapointe zu rufen. Lucas war nicht da.

»Lest das mal, Kinder.«

Beklommen beobachtete er sie, als wollte er sehen, ob sie ebenso reagierten wie er. Ihr Blick war noch unverdorben, sie hatten nicht die vielen Stunden in der Wohnung verbracht. Sie würden unbefangen urteilen.

Beide beugten sich über das Blatt, ihre Gesichter zeigten wachsendes Interesse und schließlich Besorgnis.

»Man könnte meinen, es wird ernst«, murmelte Janvier und legte den Brief auf den Schreibtisch.

Und Lapointe fragte:

»Wie sind diese Leute?«

»Wie alle und niemand … Ich frage mich, was wir

tun können. Ich kann nicht die ganze Zeit jemanden für die Wohnung abstellen, das würde übrigens auch nichts nützen. Die Räumlichkeiten sind so weitläufig, dass an dem einen Ende etwas passieren kann, ohne dass man es am anderen Ende bemerkt. Jemanden am Eingang postieren? Schon um mein Gewissen zu beruhigen, werde ich das heute Nacht tun. Aber wenn diese Briefe kein Scherz sind, wird der Täter nicht von draußen kommen ... Hast du Zeit, Lapointe?«

»Ich habe nichts Besonderes zu tun, Chef.«

»Dann geh hin. In der Conciergeloge sitzt ein gewisser Lamure, er hat früher in der Rue des Saussaies gearbeitet. Du bleibst über Nacht und gehst hin und wieder in den ersten Stock hinauf. Lass dir von Lamure eine Liste der Hausbewohner geben, die Angestellten eingeschlossen, und schreib auf, wer kommt und geht.«

»Verstehe.«

»Was verstehst du?«

»Dass wir so einen Anhaltspunkt haben, wenn etwas passiert ...«

Das stimmte, aber dem Kommissar widerstrebte es, die Situation in diesem Licht zu sehen.

Wenn etwas passierte ... Da Diebstahl nicht infrage kam, konnte es sich nur um einen Mord handeln. Wer sollte ermordet werden und von wem?

Er hatte mit mehreren Personen gesprochen, sie hatten seine Fragen beantwortet, schienen eine Art Beichte abgelegt zu haben. War es seine Sache, verflucht noch mal, darüber zu urteilen, wer log und wer die Wahrheit sagte, oder ob in dieser ganzen Geschichte jemand verrückt war?

Er stampfte durch sein Büro, sprach vor sich hin, während Lapointe und Janvier einander Blicke zuwarfen.

»Es ist ganz einfach, Herr Kommissar. Jemand schreibt Ihnen, um Ihnen mitzuteilen, dass ein Mord geschehen wird. Ohne dass derjenige aber im Voraus sagen könnte, wer wen töten wird, auch nicht wann oder wie. Warum wendet man sich an Sie? Warum warnt man Sie? Einfach so … Aus Spaß …«

Er nahm eine Pfeife und stopfte sie nervös mit dem Zeigefinger.

»Wenn wirklich etwas passiert, wird man sagen, es sei meine Schuld. Dieser blassblaue Fetzen sagt das schon. Anscheinend habe ich vorschnell gehandelt. Aber was tun?

Sollen wir warten, bis eine Todesanzeige kommt? Und wenn nichts passiert, stehe ich da wie ein Trottel. Der feine Herr, der zwei Tage lang Steuergelder verprasst hat …«

Janvier blieb ernst, aber Lapointe konnte sich ein Lächeln nicht verkneifen. Maigret wäre fast explodiert. Doch schließlich lächelte er ebenfalls und klopfte seinem Mitarbeiter auf die Schulter.

»Entschuldigt, Kinder. Die Sache macht mich rasend. In dieser Wohnung bewegen sich alle auf Zehenspitzen, und selbst ich gehe da inzwischen auf Zehenspitzen, wie auf Eiern ...«

Die Vorstellung, dass Maigret auf Eiern ging, brachte auch Janvier zum Lachen.

»Hier kann ich wenigstens mal Luft ablassen ... Aber zurück zur Sache. Du, Lapointe, kannst gehen, geh irgendwo was essen und bezieh dann deinen Posten in der Avenue Marigny. Wenn dir etwas verdächtig vorkommt, ruf mich sofort am Boulevard Richard-Lenoir an, auch mitten in der Nacht. Gute Nacht, mein Kleiner. Bis morgen. Deine Ablösung kommt um acht.«

Er ging ans Fenster, blickte auf die Seine und sagte zu Janvier:

»Bist du gerade mit einem Fall beschäftigt?«

»Ich habe heute Morgen die beiden Bengel festgenommen, zwei Sechzehnjährige. Sie hatten recht ...«

»Würdest du morgen Lapointe ablösen? Ich weiß, das klingt alles idiotisch, deswegen rege ich mich auch so auf. Aber ich muss Vorsichtsmaßnahmen ergreifen, selbst wenn sie nichts nützen. Sollte etwas passieren, werden alle über mich herfallen, das steht fest.«

Sein Blick blieb an einer der Leuchten auf dem Pont Saint-Michel hängen.

»Gib mir mal den Rohrpostbrief.«

Er erinnerte sich an ein Wort, auf das er vorhin nicht geachtet hatte, und er fragte sich, ob ihn sein Gedächtnis nicht täuschte.

… ich bin überzeugt, dass er sich Ihretwegen gezwungen fühlt zuzuschlagen …

Ja, wirklich, da stand es: »zuzuschlagen«. Natürlich konnte das auch bedeuten, einen Coup zu landen. Aber der anonyme Schreiber der drei Briefe hatte seine Worte durchaus mit Bedacht gewählt.

»Zuschlagen, hörst du? Der Mann und die Frau haben jeder eine Schusswaffe. Ich wollte gerade veranlassen, dass sie uns übergeben werden, so wie man Kindern Streichhölzer wegnimmt. Aber ich kann ihnen nicht alle Küchenmesser und Brieföffner wegnehmen. Man kann auch mit einem Feuerhaken zuschlagen, und da es dort Kamine gibt … und Kerzenleuchter und Statuen …«

In verändertem Ton sagte er:

»Ich würde gerne mit Germain Parendon telefonieren. Neurologe, Rue d'Aguesseau. Er ist der Bruder von meinem Parendon.«

Maigret steckte seine Pfeife wieder an. Janvier

saß auf einer Ecke des Schreibtischs und wählte die Nummer.

»Hallo? Ist dort die Praxis von Doktor Parendon? … Hier spricht die Kriminalpolizei, Mademoiselle … Das Büro von Kommissar Maigret. Der Kommissar möchte dringend mit Doktor Parendon … Wie? … In Nizza? … Ja, einen Augenblick …«

Maigret machte ihm Zeichen.

»Frag sie, wo er dort wohnt.«

»Sind Sie noch da? … Könnten Sie mir sagen, wo Doktor Parendon abgestiegen ist? … Im Negresco? … Vielen Dank … Ja, das kann ich mir denken. Ich werde es trotzdem versuchen.«

»Auf Krankenbesuch?«

»Nein, ein Kongress für Kinderneurologie. Wohl ein sehr volles Programm. Morgen hält der Doktor einen Vortrag.«

»Ruf im Negresco an. Es ist jetzt sechs Uhr. Für heute ist bestimmt Schluss. Um acht findet gewiss ein großes Diner statt, vielleicht in der Präfektur. Falls er nicht gerade bei einem Cocktail ist …«

Sie mussten gut zehn Minuten warten, bis die Leitung im Negresco frei war.

»Hallo. Hier die Pariser Kriminalpolizei, Mademoiselle. Verbinden Sie mich bitte mit Doktor Parendon … Ja, Parendon. Einer der Kongressteilnehmer.«

Janvier legte die Hand auf die Sprechmuschel.

»Sie schaut, ob er auf seinem Zimmer ist oder bei dem Empfang im großen Salon.«

»Hallo? ... Ja, Doktor. Entschuldigen Sie bitte. Ich gebe Ihnen Kommissar Maigret.«

Nur zögernd ergriff dieser den Hörer, er wusste plötzlich nicht mehr, was er sagen sollte.

»Verzeihen Sie die Störung, Doktor.«

»Ich wollte gerade meinen Vortrag noch einmal durchgehen.«

»Das habe ich mir schon gedacht ... Ich habe gestern und heute viel Zeit mit Ihrem Bruder verbracht.«

»Wie kam es denn dazu?«

Die Stimme klang heiter, sympathisch und jünger, als Maigret gedacht hatte.

»Das ist eine ziemlich komplizierte Geschichte, deshalb habe ich mir auch erlaubt, Sie anzurufen.«

»Hat mein Bruder Probleme?«

»Keine, die uns etwas angingen.«

»Ist er krank?«

»Wie denken Sie über seine Gesundheit?«

»Er wirkt viel anfälliger und zarter, als er in Wirklichkeit ist. Ich selbst könnte das Arbeitspensum, das er an manchen Tagen hat, nicht bewältigen.«

Es half nichts. Maigret musste raus mit der Sprache.

»Ich werde Ihnen so knapp wie möglich die Situation schildern. Gestern Morgen habe ich einen anonymen Brief bekommen, in dem mir mitgeteilt wurde, dass wahrscheinlich ein Mord stattfinden wird …«

»Bei Émile?«

Die Stimme klang belustigt.

»Nein. Es würde zu lange dauern, Ihnen zu schildern, wie wir auf die Wohnung Ihres Bruders gekommen sind. Jedenfalls sind der Brief und der ihm folgende von dort abgeschickt und beide auf seinem Briefpapier geschrieben worden. Der Briefkopf wurde vorsorglich abgetrennt.«

»Mein Bruder konnte Sie beruhigen, oder nicht? Das ist bestimmt ein Scherz von Gus.«

»Soviel ich weiß, macht Ihr Neffe so etwas nicht.«

»Das stimmt. Bambi übrigens auch nicht. Ich weiß nicht … Vielleicht der junge Schweizer, der Bürodiener? Oder ein Dienstmädchen?«

»Ich habe eben einen dritten Brief bekommen, diesmal per Rohrpost. Darin wird mir mitgeteilt, dass die Tat unmittelbar bevorsteht.«

Der Arzt klang jetzt anders.

»Und Sie glauben das?«

»Ich kenne das Haus erst seit gestern.«

»Was sagt Émile dazu? Er ist bestimmt nicht beunruhigt.«

»Eben doch. Ich habe sogar den Eindruck, dass er an eine ernsthafte Gefahr glaubt.«

»Und wer ist in Gefahr?«

»Vielleicht er.«

»Wer könnte auf den Gedanken kommen, ihm etwas anzutun? Und warum? Abgesehen davon, dass er leidenschaftlich für eine Revision des Artikels 64 kämpft, ist er der harmloseste und liebenswürdigste Mensch der Welt.«

»Ich war sehr angetan von ihm. Würden Sie als Neurologe so weit gehen, seine Leidenschaft als Manie zu bezeichnen?«

»Im medizinischen Sinn bestimmt nicht.«

Sein Ton war kühler, er hatte Maigrets Hintergedanken erraten.

»Sie wollen von mir wissen, ob ich meinen Bruder für geistig gesund halte?«

»So weit würde ich nicht gehen.«

»Lassen Sie das Haus bewachen?«

»Ich habe bereits einen Inspektor hingeschickt.«

»Hat mein Bruder in der letzten Zeit mit unseriösen Leuten zu tun gehabt? Hat er sich vielleicht mit mächtigen Leuten angelegt?«

»Wir haben nicht über berufliche Dinge gesprochen, aber ich weiß, dass heute Nachmittag ein griechischer und ein holländischer Reeder bei ihm waren.«

»Es kommen sogar Japaner … Dann hoffen wir mal, dass es doch ein Scherz ist. Haben Sie sonst noch Fragen?«

Er musste sich etwas einfallen lassen. Am anderen Ende der Leitung blickte der Neurologe sicherlich auf die Promenade des Anglais und auf das blaue Wasser der Baie des Anges.

»Was denken Sie über Ihre Schwägerin?«

»Unter uns gesagt – ich würde das natürlich nicht im Zeugenstand wiederholen –, wenn alle Frauen so wären wie sie, wäre ich Junggeselle geblieben.«

»Ich meinte, wie ist sie?«

»Das habe ich schon verstanden. Etwas überspannt, würde ich sagen. Gerechterweise muss man zugeben, dass sie selbst am meisten darunter leidet.«

»Neigt sie zu fixen Ideen?«

»Im Hinblick auf gewisse Sachverhalte, die nachvollziehbar scheinen, bestimmt. Ich kann Ihnen versichern, wenn sie Sie belogen hat, dann so meisterlich, dass Sie es nicht gemerkt haben.«

»Würden Sie von Hysterie sprechen?«

Es folgte ein ziemlich langes Schweigen.

»So weit würde ich nicht gehen, auch wenn ich sie schon in Stimmungen erlebt habe, die man als hysterisch bezeichnen kann. Aber obwohl sie hypernervös ist, schafft sie es doch immer, die Fassung zu bewahren.«

»Wissen Sie, dass sie eine Waffe in ihrem Schlafzimmer hat?«

»Sie hat es mir eines Abends erzählt. Sie hat sie mir sogar gezeigt. Eher ein Spielzeug.«

»Ein Spielzeug, das töten kann. Würden Sie es ihr lassen?«

»Wenn ihr in den Sinn käme, jemanden umzubringen, würde ihr das so oder so gelingen, mit oder ohne Waffe.«

»Ihr Bruder hat ebenfalls einen Revolver.«

»Ich weiß.«

»Sie würden dasselbe sagen?«

»Nein. Mein Bruder würde niemals töten. Davon bin ich nicht nur als Mensch, sondern auch als Arzt überzeugt. Das Einzige, was geschehen könnte, wäre, dass er sich aus Verzweiflung das Leben nimmt …«

Seine Stimme klang gebrochen.

»Sie lieben ihn sehr, nicht wahr?«

»Wir zwei, wir gehören zusammen …«

Die Formulierung überraschte Maigret. Sie hatten noch ihren Vater, und Germain Parendon war auch verheiratet. Aber er sagte:

»Wir zwei, wir gehören zusammen …«

Als ob sie nur noch einander hätten. War die Ehe des Bruders ebenfalls unglücklich?

Parendon fasste sich. Vielleicht hatte er auf die Uhr gesehen.

»Hoffen wir, dass nichts passiert. Auf Wiederhören, Monsieur Maigret.«

»Auf Wiederhören, Monsieur Parendon.«

Der Kommissar hatte angerufen, um sich zu beruhigen, aber das Gegenteil war eingetreten. Das Gespräch mit dem Bruder des Anwalts hatte seine Sorgen nur noch verstärkt.

»… das Einzige, was geschehen könnte, wäre, dass er sich aus Verzweiflung das Leben nimmt …«

Und wenn genau das bevorstand? Wenn Parendon die anonymen Briefe selbst geschrieben hatte? Um eine Art Schutzwall zu errichten, zwischen seinem Impuls und der Durchführung der Tat?

Maigret vergaß darüber ganz Janvier, der sich ans Fenster gesetzt hatte.

»Hast du gehört?«

»Was Sie gesagt haben, ja.«

»Er mag seine Schwägerin nicht. Er ist überzeugt, dass sein Bruder nie jemanden töten würde, aber er ist sich nicht sicher, ob er nicht eines Tages versuchen könnte, sich das Leben zu nehmen …«

Die Sonne war verschwunden, mit einem Mal schien der Welt etwas zu fehlen. Es war noch nicht dunkel, und man brauchte kein Licht zu machen. Der Kommissar tat es trotzdem, als ob er damit Gespenster verscheuchen wollte.

»Morgen, wenn du das Haus kennenlernst, wirst du alles besser verstehen. Du kannst jederzeit klingeln und Ferdinand sagen, wer du bist, und dir die Wohnung und die Büros ansehen. Sie wissen Bescheid. Sie rechnen damit.

Das Einzige, was passieren könnte, ist, dass

Madame Parendon vollkommen unerwartet vor dir steht. Man könnte meinen, sie schwebe dahin. Sie wird dich ansehen, und du wirst dich irgendwie schuldig fühlen. Das geht allen so …«

Maigret rief den Bürodiener und gab ihm die unterzeichneten Papiere und die Post.

»Nichts Neues? Niemand für mich?«

»Niemand, Herr Kommissar.«

Maigret erwartete keinen Besuch, trotzdem wunderte er sich, dass weder Gus noch seine Schwester sich bisher hatten blicken lassen. Sie wussten bestimmt, wie alle anderen im Haus, was seit dem gestrigen Tag vor sich ging. Sie mussten von den Befragungen gehört haben. Vielleicht hatten sie Maigret sogar im Flur um eine Ecke biegen sehen?

Wenn er mit fünfzehn Jahren gehört hätte, dass …

Er wäre auf den Kommissar zugestürzt und hätte ihn mit Fragen überschüttet, auch auf die Gefahr hin, abgewiesen zu werden.

Ihm wurde bewusst, dass die Zeit nicht stehen geblieben, dass die Welt eine andere geworden war.

»Trinken wir ein Bier in der Brasserie Dauphine, Janvier, und dann ab nach Hause!«

So machten sie es. Maigret ging ein gutes Stück zu Fuß, ehe er ein Taxi nahm. Und als seine Frau, die seine Schritte gehört hatte, die Tür öffnete, wirkte er nicht mehr ganz so sorgenvoll.

»Was gibt's zu essen?«

»Das aufgewärmte Mittagessen.«

»Und was gab's zum Mittagessen?«

»Cassoulet.«

Sie lächelten beide, aber sie wusste, wie ihm zumute war.

»Gräm dich nicht, Maigret.«

Er hatte ihr nichts von dem Fall erzählt. War es nicht immer das Gleiche?

»Du bist nicht verantwortlich …«

Und gleich darauf fügte sie hinzu:

»In dieser Jahreszeit wird es immer so plötzlich kühl. Ich sollte das Fenster schließen.«

5

Wie an jedem Morgen war da zunächst der Kaffeeduft, dann ihre Hand auf seiner Schulter und schließlich der Anblick von Madame Maigret, frisch und munter in einem geblümten Hauskleid, wie sie ihm die Tasse reichte.

Er rieb sich die Augen und fragte schlaftrunken:

»Hat niemand angerufen?«

Wenn jemand angerufen hätte, wäre er zur selben Zeit aufgewacht wie sie. Die Vorhänge waren aufgezogen. Der Frühling hielt sich, obwohl er vor der Zeit begonnen hatte. Die Sonne schien, und die Geräusche der Straße hallten herauf.

Er seufzte erleichtert. Lapointe hatte nicht angerufen, also war in der Avenue Marigny nichts passiert. Er trank eine halbe Tasse, erhob sich fröhlich und ging ins Badezimmer. Er hatte sich grundlos Sorgen gemacht. Er hätte schon beim ersten Brief merken müssen, dass es keine ernste Sache war. Er schämte sich ein bisschen, weil er sich wie ein Kind, das noch an Gespenstergeschichten glaubt, ins Bockshorn hatte jagen lassen.

»Hast du gut geschlafen?«

»Herrlich.«

»Kommst du zum Mittagessen nach Hause?«

»Ich denke schon.«

»Was hältst du von Fisch?«

»Rochen mit brauner Butter, wenn du welchen bekommst.«

Er war überrascht und etwas beschämt, als er eine halbe Stunde später die Tür zu seinem Büro öffnete und dort Lapointe in einem Sessel sitzen sah. Der arme Kerl sah ein wenig blass und übermüdet aus. Anstatt ihm seinen Bericht dazulassen und schlafen zu gehen, hatte er auf ihn gewartet, sicherlich weil der Kommissar am Vortag so beunruhigt gewesen war.

»Nun, mein kleiner Lapointe?«

Der Inspektor stand auf, während Maigret sich an seinen Schreibtisch setzte, vor sich einen Stapel Post.

»Einen Augenblick noch, bitte.«

Er wollte erst sichergehen, dass nicht wieder ein anonymer Brief dabei war.

»Gut, dann erzähl mal …«

»Ich war kurz vor sechs dort und habe mich Lamure, dem Concierge, vorgestellt. Er wollte unbedingt, dass ich mit ihm und seiner Frau zu Abend esse. Der Erste, der nach mir das Gebäude betrat – da war es zehn nach sechs –, war der junge Parendon, der, den alle Gus nennen.«

Lapointe zog ein Heft aus seiner Tasche, in das er alle Einzelheiten notiert hatte.

»War er allein?«

»Ja. Er hatte ein paar Schulbücher unterm Arm. Einige Minuten später kam dann ein sehr feminin wirkender Mann mit einer Ledertasche. Lamure meinte, das sei der Friseur der Peruanerin von oben. ›Irgendwo findet sicher ein Empfang oder eine Abendgesellschaft statt‹, erklärte Lamure ruhig und trank sein Glas roten Landwein aus.

Unter uns gesagt, er hat allein eine ganze Flasche geleert und war erstaunt, ja, fast verärgert, dass ich nicht mithalten konnte.

Um Viertel vor acht kam eine Dame in einem Wagen mit Chauffeur. Der Concierge nennt sie Madame Hortense. Sie ist eine der Schwestern von Madame Parendon, die, mit der sie am häufigsten ausgeht. Ihr Mann, Monsieur Benoît-Biguette, ist reich und sehr wichtig. Der Chauffeur ist Spanier …«

Lapointe lächelte.

»Entschuldigen Sie all diese unwichtigen Details, aber da ich nichts zu tun hatte, habe ich alles notiert. Um halb neun hielt die Limousine der Peruaner in der Einfahrt. Die Eheleute kamen aus dem Fahrstuhl, er im Frack und sie im Abendkleid mit Chinchillastola. So etwas sieht man nicht mehr oft heutzutage. Um fünf vor neun fuhren Madame Parendon und Madame Hortense weg. Ich habe später erfahren, wohin. Wenn die Chauffeure zurück sind, trinken sie gern ein Gläschen in der Loge, Lamure hat immer einen Roten da.

Sie waren im Crillon beim Bridge, eine Wohltätigkeitsveranstaltung. Kurz nach Mitternacht kamen sie zurück. Die Schwester ist mit hochgegangen und eine halbe Stunde geblieben, in der Zeit hat der Chauffeur sein Gläschen getrunken.

Niemand achtete auf mich. Man hielt mich wohl für einen Bekannten von Lamure ... Das Schwierigste war, nicht so viel zu trinken.

Mademoiselle Parendon, also Bambi, kam um ein Uhr früh nach Hause.«

»Wann ist sie weggegangen?«

»Das weiß ich nicht. Ich habe sie nicht weggehen sehen. Das bedeutet, dass sie nicht zu Hause gegessen hat. Sie war in Begleitung eines jungen Mannes, den sie unten an der Treppe geküsst hat. Unsere Anwesenheit hat sie nicht gestört.

Ich habe Lamure gefragt, ob sie das immer so macht. Er hat Ja gesagt, und dass es immer derselbe junge Mann sei, aber er weiß nicht, woher er kommt. Er trug eine Lederjacke, ausgetretene Mokassins, und sein Haar war recht lang ...«

Lapointes Bericht glich einem Vortrag. Den Blick starr auf seine Notizen gerichtet, kämpfte er gegen die Müdigkeit an.

»Du hast nicht gesagt, wann Mademoiselle Vague, Tortu und Julien Baud das Haus verlassen haben.«

»Ich habe das nicht notiert, weil es mir nicht ungewöhnlich schien. Sie sind um sechs Uhr die Treppe heruntergekommen und haben sich auf der Straße getrennt.«

»Und dann?«

»Ich bin zwei- oder dreimal bis zum vierten Stock hinaufgegangen, habe aber nichts gesehen oder gehört. Ebenso gut hätte ich die Nacht in einer Kirche verbringen können.

Die Peruaner kamen um drei Uhr morgens wieder. Sie hatten bei Maxim's gegessen, vorher waren sie bei einer großen Filmpremiere an den Champs-Élysées … Pariser durch und durch.

Das ist alles, was es von der Nacht zu berichten gibt … Nicht eine Katze hat sich gezeigt, und das meine ich genau so. Außer dem Papagei der Peruaner gibt es kein einziges Tier im Haus. Habe ich Ihnen schon gesagt, dass Ferdinand, der Diener der Parendons, gegen zehn Uhr schlafen gegangen ist und die Köchin um neun das Haus verlassen hat?

Ferdinand ist morgens um sieben als Erster im Hof gewesen. Er geht immer in die Bar an der Ecke zur Rue du Cirque, dort trinkt er einen Kaffee und isst frische Croissants. Er ist eine halbe Stunde fortgeblieben. In der Zeit sind die Köchin und die Putzfrau, Madame Marchand, erschienen.

Dann kam der Chauffeur aus seinem Zimmer – es liegt über den Garagen neben dem von Ferdinand – und ging hoch zum Frühstücken.

Ich habe nicht alles sofort aufgeschrieben, deshalb ist einiges etwas durcheinander ... Im Laufe der Nacht habe ich bestimmt zehn Mal an der Tür der Parendons gehorcht, aber nichts gehört.

Der Chauffeur der Peruaner hat den Rolls-Royce seiner Herrschaften aus der Garage gefahren, um ihn, wie jeden Morgen, zu waschen.«

Lapointe steckte sein Heft wieder ein.

»Das ist alles. Janvier ist gekommen, und ich habe ihn Lamure vorgestellt, der ihn anscheinend schon kannte. Dann bin ich gegangen.«

»So, mein Kleiner, und jetzt schnell ins Bett.«

In wenigen Minuten würde es in allen Fluren zum Rapport klingeln. Maigret stopfte sich eine Pfeife, nahm den Brieföffner und ging schnell die Post durch.

Er war erleichtert. Er hatte allen Grund dazu. Und doch spürte er noch einen Druck im Magen, ein dumpfes Unbehagen.

Beim großen Chef war vor allem die Rede von dem Sohn eines Ministers. Er hatte um vier Uhr morgens an der Ecke der Rue François-Ier einen Autounfall verursacht. Die Umstände waren höchst unerfreulich: Er war nicht nur betrunken gewesen, sondern hatte auch ein Mädchen dabeigehabt, dessen Name, wollte man einen Skandal vermeiden, nicht publik werden durfte. Das Mädchen lag im Krankenhaus. Der Fahrer des anderen Wagens war auf der Stelle tot gewesen.

»Was halten Sie davon, Maigret?«

»Ich? Nichts, Chef.«

Wenn es um Politik ging oder auch nur um etwas, das im weitesten Sinne mit Politik zu tun hatte, schaltete Maigret ab. Er verstand es in solchen Momenten, eine undurchdringliche, fast dümmliche Miene aufzusetzen.

»Wir müssen eine Lösung finden. Die Zeitungen wissen noch nichts, aber in ein oder zwei Stunden sind sie auf dem Laufenden.«

Es war zehn Uhr. Das Telefon auf dem Schreibtisch klingelte, und der Chef nahm nervös den Hörer ab.

»Ja, er ist hier.«

Er reichte Maigret den Hörer:

»Es ist für Sie.«

Noch ehe Maigret den Hörer ans Ohr nahm, wusste er, dass in der Avenue Marigny etwas passiert war. Und tatsächlich hörte er Janviers Stimme. Leise, fast verlegen sagte der Inspektor:

»Sind Sie's, Chef?«

»Ja … wer?«

Janvier verstand sofort.

»Die junge Sekretärin.«

»Tot?«

»Ja, leider.«

»Erschossen?«

»Nein, niemand hat etwas gehört. Der Arzt ist noch nicht da. Ich wollte Sie gleich anrufen, obwohl ich noch keine Einzelheiten weiß, ich war unten. Monsieur Parendon steht neben mir, er ist ganz verstört. Doktor Martin wird jede Minute eintreffen.«

»Erstochen?«

»Genauer gesagt, die Kehle ist durchgeschnitten.«

»Ich komme.«

Der Chef und seine Kollegen blickten Maigret an und waren überrascht, wie bleich und mitgenommen er war. Hatte man am Quai des Orfèvres nicht tagtäglich mit Mord zu tun?

»Wer?«, fragte der Chef.

»Die Sekretärin von Parendon.«

»Der Neurologe?«

»Nein, sein Bruder, der Anwalt ... Ich habe anonyme Briefe erhalten.«

Ohne eine weitere Erklärung ging er zur Tür und dann geradewegs ins Büro der Inspektoren.

»Lucas?«

»Hier, Chef.«

Er blickte um sich.

»Und du, Torrence ... Kommt beide in mein Büro.«

Lucas, der von den Briefen wusste, fragte:

»Gab es einen Mord?«

»Ja.«

»Parendon?«

»Die Sekretärin … Ruf Moers an, er soll mit seinen Leuten hingehen … Ich informiere die Staatsanwaltschaft.«

Es war immer das gleiche Theater. Statt in Ruhe zu arbeiten, würde er eine gute Stunde lang dem Staatsanwalt und dem Untersuchungsrichter haarklein alles erklären müssen.

»Gehen wir, Kinder.«

Er war erschüttert, als hätte es jemanden aus seiner eigenen Familie getroffen. Dass Mademoiselle Vague das Opfer sein würde, hatte er am allerwenigsten vermutet.

Sie war ihm sympathisch gewesen. Wie offen und ehrlich sie über die Beziehung zu ihrem Chef gesprochen hatte! Er hatte gespürt, dass sie mit leidenschaftlicher Treue zu ihm hielt, trotz des großen Altersunterschieds. War das nicht eine der wahrhaftigsten Formen der Liebe?

Warum also hatte man sie getötet?

Er zwängte sich in das kleine schwarze Auto neben Lucas, der sich ans Steuer setzte, der dicke Torrence nahm auf der Rückbank Platz.

»Worum geht es?«, fragte Torrence, als sie losfuhren.

»Wart's ab«, antwortete Lucas, der spürte, wie Maigret zumute war.

Der Kommissar nahm weder die Straßen noch die Passanten wahr, noch die Bäume, die täglich grüner wurden, und auch nicht die großen Busse, denen sie gefährlich nahekamen. Er war schon dort. Er sah das kleine Büro von Mademoiselle Vague vor sich, in dem er tags zuvor um diese Zeit am Fenster gesessen hatte. Sie hatte ihn fest angeblickt, als wollte sie ihm zeigen, dass sie es ehrlich meinte, und wenn sie nach einer Frage gezögert hatte, dann nur, weil sie die richtigen Worte suchte.

Vor dem Haus stand schon ein Wagen, wahrscheinlich gehörte er dem Kommissar des zuständigen Reviers, den Janvier gewiss benachrichtigt hatte. Denn, was auch immer geschieht, es muss alles seine Ordnung haben.

Lamure stand mit düsterer Miene vor seiner luxuriösen Loge.

»Wer hätte gedacht ...«, begann er.

Maigret ging ohne ein Wort an ihm vorbei und, da der Fahrstuhl nicht da war, die Treppe hinauf. Janvier erwartete ihn im ersten Stock. Er sagte nichts. Auch er erriet, wie Maigret sich fühlte. Ferdinand, der auf seinem Posten war, als wäre nichts geschehen, nahm Maigret den Hut ab, ohne dass der es merkte.

Er ging am Arbeitszimmer Parendons vorbei bis

zu Mademoiselle Vagues Büro, dessen Tür offen stand. Er sah zunächst nur zwei Männer, Lambilliote, den Kommissar des Reviers, dem er schon oft begegnet war, und einen seiner Mitarbeiter.

Dann glitt sein Blick über den Boden, hin zu dem Louis-XIII-Tisch, der als Schreibtisch diente.

Sie trug ein mandelgrünes Frühlingskleid, das sie wohl zum ersten Mal in diesem Jahr angezogen hatte. An den beiden letzten Tagen hatte er sie in einem marineblauen Rock und einer weißen Hemdbluse gesehen, eine Art Uniform, hatte er gedacht.

Nach der Tat musste sie zusammengesackt und von ihrem Stuhl geglitten sein, ihr Körper war seltsam verrenkt. Sie hatte eine klaffende Wunde an der Kehle und viel Blut verloren, das vielleicht noch warm war.

Es dauerte eine Weile, bis er merkte, dass Lambilliote ihm die Hand drückte.

»Kannten Sie sie?«

Er blickte Maigret an, verblüfft, ihn so erschüttert vor einer Leiche zu sehen.

»Ja, ich kannte sie«, sagte Maigret mit heiserer Stimme.

Dann stürzte er in das Büro am Ende des Flurs, wo er Julian Baud antraf. Seine Augen waren gerötet, und sein Atem roch nach Alkohol. Auf dem Tisch stand eine Flasche Cognac. René Tortu saß in seiner Ecke, die Hände vor dem Gesicht.

»Hast du sie gefunden?«

Das »Du« kam Maigret ganz natürlich über die Lippen, der große Schweizer wirkte plötzlich wie ein kleiner Junge.

»Ja, Monsieur …«

»Hast du etwas gehört? Hat sie geschrien? Hat sie gestöhnt?«

»Nicht einmal …«

Das Sprechen fiel ihm schwer. Seine Kehle war wie zugeschnürt, Tränen kullerten aus seinen blauen Augen.

»Entschuldigen Sie … Es ist das erste Mal …«

Er schluchzte und zog sein Taschentuch heraus, als hätte er auf diesen Augenblick gewartet.

»Ich … Einen Augenblick … Verzeihung …«

Er weinte hemmungslos. Wie er da mitten im Zimmer stand, wirkte er noch größer als einsachtzig. Es knackte leise. Maigret hatte so fest auf das Mundstück seiner Pfeife gebissen, dass es zerbrochen war. Der Pfeifenkopf fiel zu Boden, und er bückte sich, hob ihn auf und steckte ihn in die Tasche.

»Entschuldigen Sie … Ich kann nicht anders …«

Er kam wieder zu Atem, wischte sich die Augen und blickte zu der Cognacflasche, wagte aber nicht mehr, sie anzurühren.

»Sie ist um zehn Minuten nach neun hereingekommen, um mir Unterlagen zu bringen, die ich überprüfen sollte … Ich weiß gar nicht mehr, wo ich sie hingelegt habe. Es war das Protokoll der gestrigen Sitzung, mit Anmerkungen und Verweisen. Ich habe es wahrscheinlich in ihrem Büro liegen lassen … Ach nein, da ist es ja, auf meinem Tisch.«

Eine zitternde Hand hatte die Papiere zerknittert.

»Sie bat mich, ihr die Unterlagen zurückzugeben, sobald ich fertig sei. Ich bin zu ihr gegangen …«

»Wann?«

»Ich weiß nicht. Ich habe wohl etwa dreißig Minuten gebraucht … Ich war so froh und zufrieden. Ich arbeite gern für sie … Ich schaue mich um. Ich sehe sie nicht. Als ich dann auf den Boden blicke …«

Maigret goss ihm etwas Cognac in das Glas, das sicher Ferdinand gebracht hatte.

»Hat sie noch geatmet?«

Baud schüttelte den Kopf.

»Die von der Staatsanwaltschaft sind da, Chef …«

»Haben Sie auch nichts gehört, Monsieur Tortu?«

»Nichts.«

»Waren Sie die ganze Zeit hier?«

»Nein. Ich war etwa zehn Minuten bei Monsieur Parendon. Wir haben den Fall besprochen, den ich gestern im Palais de Justice behandelt habe.«

»Wann war das?«

»Ich habe nicht auf die Uhr gesehen. Etwa halb zehn.«

»Wie wirkte er auf Sie?«

»So wie immer.«

»War er allein?«

»Mademoiselle Vague war bei ihm.«

»Ist sie gegangen, als Sie kamen?«

»Ja, kurz darauf.«

Maigret hätte auch gern einen Schluck Cognac getrunken, aber er wagte es nicht.

Formalitäten waren zu erledigen. Im Grunde hatte es sein Gutes. So war er gezwungen, an etwas anderes zu denken.

Die Staatsanwaltschaft hatte Richter Daumes mit der Sache betraut. Maigret hatte schon mehrmals mit ihm zusammengearbeitet, ein sympathischer, etwas schüchterner Mann um die vierzig, dessen einziger Fehler seine Pedanterie war. Ihn begleitete der Vertreter der Staatsanwaltschaft, De Claes, ein großer blonder, sehr magerer und geschniegelter junger Mann, der, sommers wie winters, ein Paar heller Handschuhe bei sich trug.

»Was sagen Sie dazu, Maigret? Ich höre, Sie hatten einen Inspektor postiert. Haben Sie mit einem Unglück gerechnet?«

Maigret zuckte mit den Schultern, machte eine vage Geste.

»Es würde zu lange dauern, das zu erklären. Gestern und vorgestern habe ich wegen zweier anonymer Briefe praktisch meine ganze Zeit in dieser Wohnung verbracht.«

»Stand in den Briefen, wer das Opfer sein würde?«

»Eben nicht. Und genau deshalb ließ sich der Mord nicht verhindern. Man hätte auf jeden Bewohner einen Polizisten ansetzen müssen, der ihm auf Schritt und Tritt folgt.

Lapointe hat die ganze Nacht unten verbracht. Heute Morgen hat Janvier ihn abgelöst.«

Janvier stand mit gesenktem Kopf in einer Ecke. Vom Hof her, wo der Chauffeur der Peruaner den Rolls-Royce wusch, hörte man Wasser rauschen.

»Übrigens, Janvier, wer hat es dir gesagt?«

»Ferdinand. Er wusste, dass ich unten war. Ich hatte mit ihm gesprochen.«

Im Flur waren schwere Schritte zu hören. Es waren die Kollegen von der Spurensicherung mit ihren Geräten, unter ihnen ein kleiner, kugelrunder Mann, der offenbar nicht dazugehörte. Er blickte die im Zimmer Versammelten der Reihe nach an, unschlüssig, an wen er sich wenden sollte.

»Doktor Martin«, murmelte er schließlich. »Entschuldigen Sie, dass ich so spät komme, ich hatte noch eine Patientin, und bis sie sich wieder angezogen hatte …«

Er sah die Leiche, öffnete seine Tasche, kniete sich hin. Von allen zeigte er sich am wenigsten schockiert.

»Sie ist tot, so viel steht fest.«

»Ist der Tod sofort eingetreten?«

»Sie hat wohl noch einige Sekunden gelebt, sagen

wir, dreißig, vierzig Sekunden. Da man ihr Kehle aufgeschnitten hat, konnte sie nicht schreien.«

Er deutete auf einen Gegenstand unter dem Tisch, das spitze und scharfe Radiermesser, das Maigret am Tag zuvor aufgefallen war und das nun in der zähen Blutlache klebte.

Unwillkürlich betrachtete der Kommissar das Gesicht der jungen Frau, die starren blauen Augen, die verrutschte Brille.

»Wollen Sie ihr nicht die Augen schließen, Doktor?«

Selten hatte ihn der Anblick einer Leiche so erschüttert, außer vielleicht in seinen ersten Berufsjahren.

Als der Arzt seinem Wunsch nachkommen wollte, zupfte Moers Maigret am Ärmel.

»Die Aufnahmen …«, erinnerte er ihn.

»Ja, natürlich … Nein, rühren Sie sie nicht an.«

Er wandte den Blick ab. Sie mussten warten, bis der Rechtsmediziner eintraf.

Doktor Martin, trotz seines dicken Bauches sehr rege, fragte:

»Kann ich gehen, meine Herren?«

Wieder blickte er alle nacheinander an und sagte schließlich zu Maigret:

»Sie sind doch Kommissar Maigret? … Ich sollte vielleicht nach Monsieur Parendon sehen. Wissen Sie, wo er ist?«

»In seinem Arbeitszimmer, nehme ich an.«

»Weiß er Bescheid? Hat er sie gesehen?«

»Wahrscheinlich.«

In Wirklichkeit wusste niemand etwas Genaues. Ein Fotograf schraubte eine riesige Kamera auf ein Stativ, ein grauhaariger Mann nahm Messungen auf dem Fußboden vor, und der Assistent des Untersuchungsrichters kritzelte etwas in ein Notizbuch.

Lucas und Torrence standen im Flur.

»Was soll ich Ihrer Meinung nach tun?«

»Gehen Sie zu ihm, wenn Sie glauben, dass er Sie braucht.«

Doktor Martin war schon an der Tür, als Maigret ihm nachrief:

»Ich werde Ihnen später bestimmt noch ein paar Fragen stellen müssen. Kann ich Sie erreichen?«

»Außer von elf bis dreizehn Uhr. Da habe ich Sprechstunde im Krankenhaus.«

Er zog eine große Uhr aus der Hosentasche, schien erschrocken und entfernte sich rasch.

Richter Daumes räusperte sich.

»Es ist Ihnen gewiss lieber, Maigret, wenn ich Sie in Ruhe arbeiten lasse. Ich möchte nur wissen, ob Sie einen Verdacht haben.«

»Nein … Ja … Ehrlich gesagt, ich weiß es nicht. Dies ist ein ganz besonderer Fall, und ich tappe noch im Dunkeln.«

»Brauchen Sie mich nicht mehr?«, fragte Kommissar Lambilliote.

»Nicht mehr«, wiederholte Maigret zerstreut.

Sie sollten nur alle schnell verschwinden. Einer nach dem anderen verließen sie das Büro. Ein paarmal flammte in dem taghellen Zimmer ein Blitzlicht auf. Zwei Männer, die ganz selbstverständlich ihren Beruf ausübten, als wären sie Schreiner oder Schlosser, nahmen der Toten Fingerabdrücke ab.

Maigret schlich hinaus, gab Lucas und Torrence ein Zeichen, auf ihn zu warten, und ging ins andere Büro. Tortu telefonierte gerade; Baud saß an seinem Tisch, die Ellbogen aufgestützt, und starrte mit trübem Blick vor sich hin.

Er war betrunken. Die Cognacflasche war inzwischen drei Finger breit leerer. Maigret nahm sie und goss sich ungeniert einen kräftigen Schluck in das Glas des Schweizers. Er hatte es wirklich nötig.

Mit traumwandlerischer Sicherheit ging er seiner Arbeit nach. Nur manchmal hielt er mit starrem Blick inne, aus Sorge, etwas Wichtiges zu übersehen. Gedankenverloren verabschiedete er sich vom Gerichtsarzt, dessen eigentliche Arbeit erst im Rechtsmedizinischen Institut beginnen würde.

Die Leichenträger waren schon mit einer Bahre da, und er warf einen letzten Blick auf das mandelgrüne Kleid, Sinnbild eines heiteren Frühlingstags.

»Janvier, du informierst die Eltern. Im Büro am Ende des Flures wird man die Adresse haben. Sieh auch in ihrer Handtasche nach. Was eben nötig ist …«

Er ging mit seinen beiden anderen Mitarbeitern in die Diele.

»Ihr macht mir einen Plan von der Wohnung, befragt die Angestellten, schreibt euch auf, wo sich jeder zwischen Viertel nach neun und zehn befand. Notiert auch, wer was gesehen hat, wer wohin gegangen und woher gekommen ist.«

Ferdinand stand mit verschränkten Armen da und wartete.

»Bei dem Plan wird er euch helfen. Sagen Sie, Ferdinand, Madame Parendon ist doch wohl in ihrem Zimmer?«

»Ja, Monsieur Maigret.«

»Wie war ihre Reaktion?«

»Sie hat überhaupt nicht reagiert, Monsieur Maigret, sie weiß noch gar nichts davon. Soviel ich weiß, schläft sie, und Lise hat nicht gewagt, sie zu wecken.«

»War Monsieur Parendon auch nicht bei ihr?«

»Er hat sein Arbeitszimmer nicht verlassen.«

»Hat er die Leiche nicht gesehen?«

»Entschuldigen Sie bitte. Er kam doch für einen Moment heraus, nachdem Monsieur Tortu es ihm gesagt hatte. Er hat einen Blick in Mademoiselle

Vagues Büro geworfen und ist wieder in sein Zimmer zurückgegangen.«

Am Tag zuvor hatte sich Maigret getäuscht. Er hatte geglaubt, er müsse das Wort »zuschlagen« wörtlich nehmen, weil der anonyme Briefeschreiber so genau formulierte.

Man hatte nicht zugeschlagen. Man hatte auch nicht geschossen. Man hatte die Kehle durchgeschnitten.

Er musste zur Seite treten, um die Leichenträger vorbeizulassen. Kurz darauf klopfte er an die gewaltige Tür von Parendons Arbeitszimmer. Keine Reaktion. Allerdings war die Tür aus dickem Eichenholz. Er drehte den Knauf des einen Flügels, stieß ihn auf und sah den Anwalt in einem der Ledersessel.

Eine Sekunde lang befürchtete er, dass auch ihm etwas zugestoßen sein könne, so wie er dort saß, in sich zusammengesunken, das Kinn auf der Brust, eine Hand schlaff herabhängend. Er trat näher und setzte sich in einen Sessel ihm gegenüber, so nah wie bei ihrer ersten Unterhaltung. In den Regalen glänzten in Goldbuchstaben die Namen von Lagache, Henri Ey, Ruyssen und anderer Psychiater auf den Buchrücken.

Er zuckte zusammen, als er eine Stimme flüstern hörte:

»Was sagen Sie dazu, Monsieur Maigret?«

Die Stimme kam aus weiter Ferne, war wie erloschen. Es war die Stimme eines gebrochenen Menschen. Der Anwalt richtete sich nicht auf, noch hob er den Kopf. Plötzlich fiel seine Brille zu Boden. Ohne die dicken Gläser sahen seine Augen aus wie die eines verängstigten Kindes. Er bückte sich mühevoll, um sie aufzuheben, und setzte sie wieder auf.

»Was geht dort vor sich?«, fragte er.

Seine weiße Hand zeigte auf das Büro der jungen Frau.

»Die Formalitäten sind erledigt …«

»Die … die Leiche?«

»Die Leiche ist soeben fortgebracht worden.«

»Keine Sorge. Ich werde mich schon wieder fangen.«

Mit der rechten Hand tastete er nach seinem Herzen, während der Kommissar ihn anstarrte wie bei ihrer ersten Begegnung. Nun richtete er sich auf, zog ein Taschentuch heraus und fuhr sich damit über das Gesicht.

»Möchten Sie etwas trinken?«

Sein Blick ging zu der kleinen Hausbar.

»Sie auch?«

Maigret war froh, aufstehen zu können. Er holte zwei Gläser und die Flasche alten Armagnac, den er schon kannte.

»Es war kein Scherz«, sagte der Anwalt langsam.

Und obwohl seine Stimme wieder fester war,

klang sie weiterhin seltsam, mechanisch, ohne Höhen und Tiefen.

»Jetzt haben Sie ein Problem, nicht wahr?«

Und da Maigret ihn weiter stumm ansah, fügte er hinzu:

»Was werden Sie jetzt tun?«

»Zwei meiner Männer sind dabei aufzunehmen, wer hier was zwischen Viertel nach neun und zehn Uhr gemacht hat.«

»Es ist vor zehn passiert.«

»Ich weiß.«

»Um zehn vor zehn. Es war gerade zehn vor zehn, als Tortu es mir gesagt hat.«

Er warf einen Blick auf die bronzene Wanduhr. Jetzt war es fünf Minuten nach halb zwölf.

»Haben Sie seitdem in diesem Sessel gesessen?«

»Ich bin Tortu durch den Flur gefolgt, aber ich habe den Anblick nicht ertragen. Ich bin zurückgekommen und … Sie haben recht … Ich habe mich aus diesem Sessel nicht weggerührt.

Ich erinnere mich vage, dass Martin, mein Arzt, hier war und etwas gesagt hat, woraufhin ich den Kopf geschüttelt habe. Er hat mir den Puls gefühlt und schien es sehr eilig zu haben, als er ging.«

»Er musste zu seiner Sprechstunde ins Krankenhaus.«

»Er hat bestimmt gedacht, ich hätte etwas genommen.«

»Haben Sie das manchmal getan?«

»Nie. Ich kann mir nur allzu gut vorstellen, wohin das …«

Die Bäume rauschten im Wind, und man hörte von fern die Busse auf der Place Beauvau.

»Ich hätte nicht gedacht …«

Er sprach stockend, in Halbsätzen, und Maigret ließ ihn noch immer nicht aus den Augen. Er hatte stets zwei Pfeifen bei sich, und holte die unbeschädigte aus der Tasche, stopfte sie und nahm ein paar tiefe Züge, als wollte er sich so in die Wirklichkeit zurückbringen.

»Was hätten Sie nicht gedacht?«

»An welchem Punkt … auf welche Weise … wie wichtig, ja, das ist das richtige Wort … wie wichtig die Verbundenheit …«

Seine Hand zeigte wieder zum Büro der Sekretärin.

»Es kam so unerwartet.«

Hätte Maigret sich sicherer gefühlt, wenn er all die psychiatrischen und psychologischen Werke gelesen hätte, die in der Bibliothek aufgereiht waren?

Er konnte sich nicht erinnern, je einen Menschen so intensiv angesehen zu haben, wie er es jetzt tat. Keine Bewegung, kein Muskelzucken entging ihm.

»Haben Sie an sie gedacht?«

Der Kommissar gestand:

»Nein.«

»An mich?«

»An Sie oder an Ihre Frau.«

»Wo ist sie?«

»Sie schläft wohl noch und weiß nichts.«

Der Anwalt runzelte die Stirn, bemühte sich um äußerste Konzentration.

»Sie ist noch nicht aus ihrem Zimmer gekommen?«

»Ferdinand sagt Nein.«

»Ferdinand ist nicht zuständig.«

»Ich weiß. Einer meiner Inspektoren ist gewiss gerade dabei, Lise zu befragen.«

Parendon wurde unruhig, als ob ihn ein neuer Gedanke quälte.

»Aber dann werden Sie mich verhaften! Wenn meine Frau nicht aus ihrem Zimmer gekommen ist …«

Hatte er also geglaubt, dass Madame Parendon die Mörderin war?

»Werden Sie mich verhaften?«

»Es ist noch zu früh, um jemanden zu verhaften.«

Parendon stand auf, nahm einen Schluck Armagnac, fuhr sich mit dem Handrücken über die Stirn.

»Ich verstehe gar nichts mehr, Maigret.«

Er fasste sich:

»Entschuldigen Sie, Monsieur Maigret. Hat ein Fremder die Wohnung betreten?«

Er wurde wieder er selbst. Seine Augen funkelten.

»Nein, einer meiner Männer hat die Nacht im Haus verbracht, und ein anderer hat ihn heute um acht abgelöst.«

»Man wird die Briefe noch einmal lesen müssen«, murmelte Parendon.

»Ich habe sie gestern am späten Nachmittag wieder und wieder gelesen.«

»Das alles passt nicht zusammen. Als hätten die Ereignisse plötzlich eine unvorhergesehene Wendung genommen …«

Er setzte sich wieder, und Maigret dachte über seine Worte nach. Seit er von Mademoiselle Vagues Tod erfahren hatte, wurde auch er das Gefühl nicht los, dass etwas schiefgelaufen war.

»Wissen Sie, sie war mir sehr, sehr … ergeben.«

»Mehr als das«, sagte Maigret.

»Glauben Sie?«

»Gestern hat sie geradezu leidenschaftlich von Ihnen gesprochen.«

Ungläubig blickte der kleine Mann ihn an, als könnte er nicht fassen, dass er ein solches Gefühl in ihr geweckt hatte.

»Als die beiden Reeder bei Ihnen waren, habe ich ein langes Gespräch mit ihr geführt.«

»Ich weiß. Sie hat es mir gesagt. Was ist aus den Unterlagen geworden?«

»Julien Baud hatte sie in der Hand, als er die

Leiche entdeckte und dann wie von Sinnen in sein Büro stürzte. Dabei ist das Papier ein wenig zerknittert worden.«

»Die Unterlagen sind sehr wichtig. Diese Leute dürfen nicht unter dem leiden, was in meinem Haus vorgeht.«

»Darf ich Ihnen eine Frage stellen, Monsieur Parendon?«

»Darauf warte ich, seit Sie hereingekommen sind. Es ist natürlich Ihre Pflicht, sie zu stellen, ja, sogar, mir nicht aufs Wort zu glauben … Nein, ich habe Mademoiselle Vague nicht getötet.

Es gibt Worte, die ich nicht oft in meinem Leben ausgesprochen und fast aus meinem Vokabular gestrichen habe. Heute will ich eines davon benutzen, weil kein anderes die Wahrheit auszudrücken vermag, die sich mir gerade enthüllt hat: Ich habe sie geliebt, Monsieur Maigret.«

Er sagte das ruhig, und dadurch wurde es noch bewegender. Dann fuhr er in fast sachlichem Ton fort:

»Vom körperlichen Verlangen einmal abgesehen, glaubte ich, bloß eine gewisse Zuneigung für sie zu empfinden. Ich habe mich ein wenig geschämt, ich habe eine Tochter, die nicht viel jünger ist. Antoinette hatte …«

Es war das erste Mal, dass Maigret Mademoiselle Vagues Vornamen hörte.

»Sie hatte etwas, wie soll ich sagen, etwas Spontanes, das mich erfrischt hat … Spontaneität gibt es in diesem Hause ja kaum. Sie brachte sie von draußen mit, wie ein Geschenk, so wie man frische Blumen mitbringt.«

»Wissen Sie, mit welcher Waffe die Tat begangen wurde?«

»Mit einem Messer, nehme ich an.«

»Mit einer Art Radiermesser, das ich gestern auf dem Schreibtisch Ihrer Sekretärin habe liegen sehen. Es fiel mir auf, weil es eine ungewöhnliche Form hat. Die Klinge ist lang und spitz.«

»Es kommt wie alle Büroartikel aus der Papeterie Roman.«

»Haben Sie es gekauft?«

»Nein. Sie hat es wohl selbst ausgesucht.«

»Mademoiselle Vague saß an ihrem Schreibtisch, wahrscheinlich um Dokumente durchzusehen. Einen Teil hatte sie Julien Baud zur Prüfung gegeben.«

Parendon machte nicht den Eindruck eines Menschen, der auf der Hut war, darauf gefasst, dass man ihm eine Falle stellt. Er hörte aufmerksam zu, vielleicht ein wenig überrascht darüber, welche Bedeutung Maigret diesen Einzelheiten beimaß.

»Die Person, die sie getötet hat, wusste, dass dieses Radiermesser in der Federschale lag, sonst hätte sie eine Waffe bei sich gehabt.«

»Wer sagt Ihnen, dass sie nicht bewaffnet war. Sie könnte es sich einfach anders überlegt haben?«

»Mademoiselle Vague hat gesehen, wie die Person nach dem Radiermesser gegriffen hat, sich aber nichts dabei gedacht und ist sitzen geblieben. Sie hat weitergearbeitet, bis sie von hinten …«

Parendon dachte nach, rekonstruierte in Gedanken die Szene, die Maigret ihm geschildert hatte. Er tat es mit der Präzision des großen Zivilanwalts, der er war. Er zeigte sich nicht im Mindesten unsicher. Ein Gnom, vielleicht, wenn man sich denn über kleinwüchsige Menschen mokieren darf, aber ein Gnom von erstaunlicher Intelligenz.

»Ich glaube, Sie werden mich vor Ende des Tages verhaften müssen«, sagte er plötzlich.

Er klang nicht sarkastisch. Er war ein Mann, der das Für und Wider abwog und nüchtern seine Schlüsse zog.

»Das gibt meinem Verteidiger die Gelegenheit, sich gründlich mit Artikel 64 auseinanderzusetzen«, fügte er, nun mit ironischem Unterton, hinzu.

Wieder einmal war Maigret fassungslos. Und seine Verwirrung steigerte sich noch, als sich die Verbindungstür zum großen Salon öffnete und Madame Parendon im Türrahmen erschien. Sie war weder frisiert noch geschminkt und trug den blauen Morgenrock vom Vortag. Sie hielt sich kerzengerade und schien doch um Jahre gealtert.

»Entschuldigen Sie die Störung …«

Sie sprach, als wäre nichts geschehen.

»Ich gehe davon aus, Kommissar, dass ich nicht das Recht habe, mit meinem Mann unter vier Augen zu sprechen? Das kommt nicht oft bei uns vor, aber unter diesen Umständen …«

»Im Augenblick dürfen Sie nur in meiner Gegenwart mit ihm sprechen.«

Sie blieb stehen, wo sie war, hinter ihr der sonnendurchflutete Salon. Die beiden Männer hatten sich erhoben.

»Nun gut. Sie tun Ihre Pflicht.«

Sie zog an der Zigarette, die sie in der Hand hielt, und blickte unschlüssig vom einen zum anderen.

»Darf ich Sie zunächst fragen, Monsieur Maigret, ob Sie eine Entscheidung getroffen haben?«

»Eine Entscheidung?«

»Im Hinblick auf das, was heute Morgen passiert ist. Ich habe es gerade erfahren, und ich nehme an, Sie werden jemanden verhaften.«

»Ich habe noch keine Entscheidung getroffen.«

»Gut. Die Kinder werden bald nach Hause kommen, und es wäre besser, wenn die Dinge dann klar sind … Sag, Émile, hast du sie getötet?«

Maigret traute seinen Augen und Ohren nicht. Sie standen sich gegenüber, drei Meter voneinander entfernt, und starrten sich mit versteinerten Mienen an.

»Du wagst mich zu fragen, ob …«

Parendon verschlug es die Sprache, vor Wut ballte er seine kleinen Fäuste.

»Keine Komödie bitte. Antworte. Also, ja oder nein?«

Und da plötzlich brach es aus ihm heraus, was gewiss nicht oft vorkam. Er hob beide Arme wie beschwörend zum Himmel und schrie:

»Herrgott, du weißt genau, dass ich es nicht gewesen bin!«

Er stampfte mit dem Fuß auf. Fast schien es, als wollte er sich auf sie stürzen.

»Das ist alles, was ich hören wollte. Danke.«

Als wäre nichts geschehen, drehte sie sich um und schloss die Tür hinter sich.

6

»Entschuldigen Sie, Monsieur Maigret, dass ich so aus der Haut gefahren bin. Das ist sonst nicht meine Art.«

»Ich weiß …«

Und eben weil er es wusste, geriet Maigret ins Grübeln.

Der kleine Mann stand vor ihm. Seine Atemzüge wurden langsamer und er fand seine Selbstbeherrschung wieder. Er wischte sich noch einmal über das Gesicht, das nicht etwa rot, sondern gelblich geworden war.

»Hassen Sie sie?«

»Ich hasse niemanden, weil ich nicht glaube, dass ein Mensch jemals voll verantwortlich ist.«

»Der Artikel 64!«

»Ja, der Artikel 64. Es ist mir gleich, ob man mich deshalb für einen Irren hält, ich werde meine Meinung nicht ändern.«

»Selbst wenn es um Ihre Frau geht?«

»Selbst wenn es um sie geht.«

»Selbst wenn sie Mademoiselle Vague getötet hätte?«

Einen Moment schienen ihm die Gesichtszüge zu entgleiten.

»Selbst dann.«

»Glauben Sie, dass sie dazu fähig ist?«

»Ich beschuldige niemanden.«

»Vorhin habe ich Ihnen eine Frage gestellt. Jetzt stelle ich Ihnen eine zweite, und Sie können sie mit Ja oder Nein beantworten. Der anonyme Briefschreiber ist nicht unbedingt der Mörder. Jemand hat das Drama kommen sehen und geglaubt, er könne es verhindern, wenn er die Polizei herschickt.«

»Ich weiß, was Sie fragen wollen. Ich habe die Briefe nicht geschrieben.«

»Könnte es das Opfer gewesen sein?«

Er dachte eine ganze Weile nach.

»Das ist nicht ausgeschlossen, aber es hätte nicht zu ihr gepasst. Sie war direkt, ich habe Ihnen ja von ihrer Spontaneität erzählt … Allerdings … Vielleicht hätte sie sich nicht an mich gewandt, da sie genau wusste …«

Er biss sich auf die Lippe.

»Was genau wusste?«

»Dass, falls man mich bedroht hätte, ich nichts zu meinem Schutz unternommen hätte.«

»Warum?«

Er blickte Maigret an und zögerte. Dann sagte er:

»Das ist schwer zu erklären … Ich habe mich irgendwann entschieden.«

»Zu heiraten?«

»Die Berufslaufbahn einzuschlagen, die ich gewählt habe … zu heiraten … auf eine gewisse Art und Weise zu leben. Also muss ich auch die Konsequenzen tragen.«

»Widerspricht das nicht Ihrer Idee von der Verantwortlichkeit des Menschen?«

»Vielleicht. Auf jeden Fall scheint es so.«

Er war offensichtlich müde und durcheinander. Man ahnte, dass sich hinter seiner gewölbten Stirn alles verwirrt hatte, und er sich mühte, Ordnung in seine Gedanken zu bringen.

»Glauben Sie, Monsieur Parendon, der Verfasser des Briefes wusste, dass Ihre Sekretärin das Opfer sein würde?«

»Nein.«

Obwohl die Tür geschlossen war, hörte man im Salon jemanden laut rufen:

»Wo ist mein Vater?«

Schon wurde die Tür aufgerissen, und ein sehr großer junger Mann mit zerzaustem Haar machte zwei, drei Schritte in das Zimmer und blieb dann vor den beiden Männern stehen.

Sein Blick ging von einem zum anderen, fast drohend sah er dann den Kommissar an.

»Werden Sie meinen Vater verhaften?«

»Gus, beruhige dich. Kommissar Maigret und ich …«

»Sie sind Maigret?«

Neugierde lag in seinem Blick.

»Wen werden Sie verhaften?«

»Im Augenblick niemanden.«

»Ich schwöre Ihnen, mein Vater war es nicht.«

»Von wem wissen Sie es?«

»Vom Concierge, er hat mir aber nichts Genaues gesagt, und dann von Ferdinand.«

»Haben Sie nicht ein wenig damit gerechnet?«

Parendon nutzte die Gelegenheit, sich wieder an seinen Schreibtisch zu setzen, als wollte er an einem ihm vertrauten Platz seine Haltung zurückerlangen.

»Ist das ein Verhör?«

Der Junge wandte sich hilfesuchend an seinen Vater.

»Meine Rolle, Gus …«

»Wer hat Ihnen gesagt, dass man mich Gus nennt?«

»Jeder hier im Hause. Ich stelle Ihnen Fragen, wie allen, aber es handelt sich nicht um eine offizielle Vernehmung. Ich habe Sie gefragt, ob Sie nicht ein wenig damit gerechnet haben.«

»Womit?«

»Mit dem, was heute Morgen passiert ist.«

»Wenn Sie damit meinen, dass man Antoinette die Kehle durchschneiden würde, nein …«

»Sie nennen sie Antoinette?«

»Schon lange. Wir waren befreundet.«

»Womit haben Sie dann gerechnet?«

Er bekam plötzlich rote Ohren.

»Mit nichts Bestimmtem.«

»Aber mit einem Drama.«

»Ich weiß es nicht.«

Maigret bemerkte, dass Parendon seinen Sohn aufmerksam betrachtete, als ob auch er sich eine Frage stellte oder als ob ihm etwas klar würde.

»Sie sind fünfzehn Jahre alt, Gus?«

»Ich werde im Juni sechzehn.«

»Ist es Ihnen recht, wenn wir uns hier vor Ihrem Vater unterhalten. Oder wollen wir lieber in ein anderes Zimmer gehen?«

Der Junge zögerte. Aufgebracht war er nicht mehr, aber immer noch nervös. Er wandte sich an den Anwalt.

»Was ist dir lieber, Vater?«

»Ich glaube, ihr geht besser in dein Zimmer … Einen Augenblick noch … Deine Schwester wird bald kommen, wenn sie nicht schon da ist. Ich möchte, dass ihr beide wie üblich zu Mittag esst. Kümmert euch nicht um mich. Ich werde nicht zu Tisch kommen.«

»Du willst nichts essen?«

»Ich weiß es nicht. Ich lasse mir vielleicht ein Sandwich bringen. Ich brauche Ruhe …«

Man spürte, dass der Junge sich am liebsten in

die Arme seines Vaters gestürzt hätte, aber es war nicht Maigrets Anwesenheit, die ihn davon abhielt, sondern eine Scham, die es schon immer zwischen Parendon und seinem Sohn gegeben haben mochte.

Beide waren eher verschlossen und distanziert, und Maigret konnte sich gut vorstellen, wie Gus sich, als er noch klein war, ins Arbeitszimmer seines Vaters geschlichen hatte, um ihm stumm und reglos beim Lesen und Arbeiten zuzusehen.

»Wenn Sie mir in mein Zimmer folgen wollen …«

Sie mussten durch den Salon gehen, wo Lucas und Torrence auf Maigret warteten. Die beiden fühlten sich in dem riesigen, prächtigen Raum sichtlich unwohl.

»Seid ihr fertig, Kinder?«

»Ja, alles erledigt, Chef. Möchten Sie den Plan sehen und hören, wer wann wo war?«

»Jetzt nicht. Die Tatzeit?«

»Zwischen halb zehn und viertel vor zehn. Mit an Sicherheit grenzender Wahrscheinlichkeit um neun Uhr siebenunddreißig.«

Maigret hatte sich den geöffneten Fenstern zugewandt.

»Standen die heute Morgen auf?«, fragte er.

»Seit Viertel nach acht.«

Über den Garagen sah man die Rückseite eines sechsstöckigen Hauses in der Rue du Cirque, und hinter einem der vielen Fenster eine Frau, die durch ihre Küche ging, einen Topf in der Hand. Im dritten Stock wickelte eine andere Frau ihr Baby.

»Ihr werdet jetzt erst einmal etwas essen. Wo ist Janvier?«

»Er hat die Mutter ausfindig gemacht, in einem Dorf im Berry. Sie hat kein Telefon, er hat jemanden gebeten, sie zu einer Fernsprechzelle zu bringen. Er ist im Büro am Ende des Flurs und wartet auf das Gespräch.«

»Er soll nachkommen. In der Rue de Miromesnil gibt es ein recht anständiges Restaurant, Au Petit Chaudron. Und dann teilt ihr die Etagen der Häuser in der Rue du Cirque unter euch auf, die man von hier aus sieht. Vielleicht hat einer der Mieter zwischen halb zehn und Viertel vor zehn jemanden im Salon gesehen … Man kann bestimmt auch in die anderen Zimmer hineinsehen.«

»Wo treffen wir Sie wieder?«

»Am Quai, wenn ihr fertig seid. Es sei denn, ihr habt etwas Wichtiges … Ich werde vielleicht noch hier sein.«

Gus hörte interessiert zu. Trotz allem, was passiert war, zeigte er eine fast kindliche Neugier.

»Nun stehe ich ganz zu Ihrer Verfügung, Gus.«

Sie gingen durch einen Flur, der schmaler war als der im linken Flügel, und kamen an einer Küche vorbei. Hinter der Glastür war eine dunkel gekleidete dicke Frau zu sehen.

»Die zweite Tür …«

Das Zimmer war groß, die Atmosphäre ganz anders als sonst in der Wohnung. Auch Gus hatte sich mit antiken Möbeln einrichten müssen, aber er hatte ihren Charakter verändert, indem er sie mit allen möglichen Dingen vollgestellt und Bretter und Regale angebracht hatte.

Da waren vier Lautsprecher, zwei oder drei Plattenspieler, ein Mikroskop auf einem unlackierten Holztisch, Kupferdrähte auf einem anderen Tisch, die zu einem komplizierten Schaltkreis verbunden waren. Der einzige Sessel stand am Fenster, ein rotes Baumwolltuch war nachlässig darübergeworfen worden. Rotes Tuch lag auch auf dem Bett, sodass es wie eine Couch aussah.

»Haben Sie den behalten?«, fragte Maigret und deutete auf einen großen Plüschbären in einem Regal.

»Warum auch nicht? Mein Vater hat ihn mir zu meinem ersten Geburtstag geschenkt.«

Stolz lag in seiner Stimme, als er das Wort »Vater« aussprach, vielleicht auch Trotz. Offenbar war er bereit, ihn mit Zähnen und Klauen zu verteidigen.

»Mochten Sie Mademoiselle Vague, Gus?«

»Wie gesagt, wir waren befreundet.«

Es hatte ihm gewiss geschmeichelt, dass eine fünfundzwanzigjähre Frau ihn wie einen Freund behandelte.

»Waren Sie oft in ihrem Büro?«

»Mindestens einmal am Tag.«

»Sind Sie mal mit ihr ausgegangen?«

Der Junge blickte ihn überrascht an. Maigret stopfte seine Pfeife.

»Wohin?«

»Ins Kino zum Beispiel oder zum Tanzen.«

»Ich tanze nicht. Ich bin nie mit ihr ausgegangen.«

»Sind Sie mal in ihrer Wohnung gewesen?«

Wieder wurden seine Ohren rot.

»Was wollen Sie von mir hören? Woran denken Sie?«

»Wussten Sie von der Beziehung zwischen Antoinette und Ihrem Vater?«

»Ja. Und?«, antwortete er und reckte den Kopf. »Finden Sie etwas dabei?«

»Es geht hier nicht um mich, sondern um Sie.«

»Mein Vater kann tun und lassen, was er will.«

»Und Ihre Mutter?«

»Es ging sie nichts an.«

»Wie meinen Sie das?«

»Ein Mann hat doch wohl das Recht …«

Er sprach den Satz nicht zu Ende, aber der Anfang war unmissverständlich.

»Glauben Sie, das ist der Grund für das Unglück, das sich heute Morgen ereignet hat?«

»Ich weiß nicht.«

»Waren Sie darauf gefasst?«

Maigret hatte sich in den roten Sessel gesetzt und steckte seine Pfeife an, während er den Jungen betrachtete: Er befand sich noch mitten im Wachstum, die Arme schienen zu lang und die Hände zu groß.

»Ich war darauf gefasst, ohne darauf gefasst zu sein.«

»Das müssen Sie mir erklären. Mit so einer Antwort würde sich Ihr Lehrer im Lycée Racine bestimmt nicht zufriedengeben.«

»Ich habe Sie mir ganz anders vorgestellt.«

»Finden Sie mich unhöflich?«

»Ich bin Ihnen wohl unsympathisch, Sie verdächtigen mich, dass ich …«

»Das stimmt.«

»Aber doch nicht, dass ich Antoinette getötet habe? Außerdem war ich in der Schule …«

»Ich weiß. Ich weiß auch, dass Sie Ihren Vater aufrichtig verehren.«

»Ist das etwas Schlechtes?«

»Ganz und gar nicht. Gleichzeitig halten Sie ihn für wehrlos.«

»Was wollen Sie damit sagen?«

»Nichts Schlechtes, Gus. Vielleicht kämpft Ihr Vater nicht gern, außer bei seinen Geschäften. Er gibt sich die Schuld an allem, was ihm widerfährt.«

»Er ist ein intelligenter und gewissenhafter Mensch.«

»Antoinette war auf ihre Art auch wehrlos ... Im Grunde haben Sie beide, Antoinette und Sie, über Ihren Vater gewacht. Deshalb gab es zwischen Ihnen eine gewisse Komplizenschaft.«

»Wir haben nie über solche Dinge gesprochen.«

»Das glaube ich gern. Trotzdem spürten Sie beide, dass Sie auf derselben Seite standen. Darum gingen Sie so oft zu ihr, ohne dass Sie ihr etwas zu sagen hatten.«

»Worauf wollen Sie hinaus?«

Zum ersten Mal wandte der junge Mann, der mit einem Kupferdraht spielte, den Kopf ab.

»Ich weiß jetzt, Gus, dass Sie mir die Briefe geschickt und gestern bei der Kriminalpolizei angerufen haben.«

Maigret sah nur seinen Rücken. Es dauerte eine ganze Weile, dann drehte sich der Junge um, er schien verstört.

»Ja, ich war es. Sie hätten es ja eh rausgefunden.«

Er blickte Maigret weniger misstrauisch an. Offenkundig war der Kommissar in seiner Achtung gestiegen.

»Wie sind Sie darauf gekommen?«

»Die Briefe konnte nur der Mörder geschrieben haben oder jemand, der Ihren Vater indirekt zu schützen versuchte.«

»Das hätte auch Antoinette sein können.«

Er sagte ihm lieber nicht, dass die junge Frau reifer war als er und dass sie nicht so umständlich und kindisch vorgegangen wäre.

»Habe ich Sie enttäuscht, Gus?«

»Ich dachte, dass Sie anders an die Sache herangehen würden.«

»Wie zum Beispiel?«

»Ich weiß nicht. Ich habe viel über Ihre Ermittlungen gelesen. Ich dachte immer, Sie würden alles verstehen.«

»Und jetzt?«

Er zuckte mit den Schultern.

»Ich weiß nicht mehr.«

»Wen hätte ich denn verhaften sollen?«

»Ich wollte nicht, dass Sie jemanden verhaften.«

»Was hätte ich dann tun sollen?«

»Was weiß ich, Sie sind doch der Chef des Morddezernats.«

»Bis heute früh um neun wurde kein Verbrechen begangen.«

»Natürlich nicht.«

»Wovor wollten Sie Ihren Vater schützen?«

Schweigen.

»Ich spürte, dass er in Gefahr war.«

»In welcher Gefahr?«

Maigret war überzeugt, dass Gus den Sinn seiner Frage verstand. Der Junge hatte seinen Vater schützen wollen. Vor wem? Wollte er ihn vielleicht vor sich selbst schützen?

»Ich will nichts mehr sagen.«

»Warum nicht?«

»Darum!«

Entschlossen fügte er hinzu:

»Nehmen Sie mich doch mit zum Quai des Orfèvres. Fragen Sie mich stundenlang das Gleiche. Vielleicht bin ich in Ihren Augen ein dummer Junge, aber ich schwöre Ihnen, ich werde nichts mehr sagen ...«

»Ich frage Sie nichts mehr ... Es ist Zeit, zu Tisch zu gehen, Gus.«

»Es ist mir egal, wenn ich heute zu spät zur Schule komme.«

»Wo ist das Zimmer Ihrer Schwester?«

»Zwei Türen weiter.«

»Nichts für ungut.«

»Sie tun Ihre Pflicht.«

Der Junge knallte die Tür hinter ihm zu. Kurz darauf klopfte Maigret an Bambis Tür, hinter der das Summen eines Staubsaugers zu hören war. Ein Dienstmädchen mit sehr hellem, weich fallendem Haar öffnete.

»Suchen Sie mich?«

»Heißen Sie Lise?«

»Ja. Ich bin das Dienstmädchen. Wir sind uns schon im Flur begegnet.«

»Wo ist Mademoiselle?«

»Vielleicht im Esszimmer? Vielleicht bei ihrem

Vater oder bei ihrer Mutter? Die Zimmer sind im anderen Flügel.«

»Ich weiß. Ich war gestern bei Madame Parendon.«

Durch eine offene Tür sah er in ein Esszimmer, das von oben bis unten getäfelt war. Der riesige Tisch, an dem wohl zwanzig Personen Platz gefunden hätten, war für zwei gedeckt. Gleich würden Bambi und ihr Bruder hier sitzen, zwischen sich die lange Tafel, und Ferdinand würde sie steif in weißen Handschuhen bedienen.

Er kam am Arbeitszimmer des Anwalts vorbei und öffnete die Tür einen Spaltbreit. Parendon saß in seinem Sessel. Auf einem Klapptisch standen eine Flasche Wein, ein Glas und ein Teller mit Sandwiches. Parendon rührte sich nicht. Vielleicht hatte er nichts gehört. Die Sonne schien ihm auf den Schädel, der kahl wirkte.

Der Kommissar schloss die Tür wieder und fand den Flur, durch den er am Vortag zum Boudoir gegangen war. Durch die geschlossene Tür hörte er eine schrille Stimme. Er konnte kein Wort verstehen, aber die Leidenschaft, mit der gesprochen wurde, war unverkennbar.

Er klopfte sehr laut. Die Stimme verstummte, und einen Augenblick später öffnete sich die Tür. Ein Mädchen stand vor ihm, atemlos und mit blitzenden Augen.

»Was wollen Sie?«

Madame Parendon, die hinter dem Mädchen stand und immer noch den blauen Morgenrock trug, hatte sich zum Fenster gewandt, sodass er ihr Gesicht nicht sehen konnte.

»Ich bin Kommissar Maigret.«

»Das dachte ich mir schon. Na und? Haben wir kein Recht mehr, uns ungestört zu unterhalten?«

Sie war nicht schön, hatte aber ein hübsches Gesicht und eine gute Figur. Sie trug ein schlichtes Kostüm und hatte sich das Haar, ganz altmodisch, mit einem Band zusammengebunden.

»Bevor Sie zu Tisch gehen, möchte ich mich kurz mit Ihnen unterhalten, Mademoiselle.«

»Hier?«

Er zögerte. Er hatte gesehen, dass die Schultern der Mutter zitterten.

»Nicht unbedingt. Wo Sie wollen …«

Ohne sich umzusehen, trat Bambi auf den Flur, schloss die Tür und sagte:

»Wohin sollen wir gehen?«

»In Ihr Zimmer?«

»Da ist Lise beschäftigt.«

»In eins der Büros?«

»Ist mir gleich.«

Ihre Feindseligkeit richtete sich nicht ausdrücklich gegen Maigret. Sie war wohl eher ihrer Verfassung geschuldet. Maigret hatte sie mitten in einer hitzigen Auseinandersetzung überrascht; ihre Nerven lagen blank. Verdrossen folgte sie ihm.

»Nicht zu …«, begann sie.

Nicht zu Mademoiselle Vague, natürlich. Sie gingen in das Büro von Tortu und Julien Baud, die beim Mittagessen waren.

»Haben Sie Ihren Vater gesehen? Setzen Sie sich doch …«

»Ich möchte mich lieber nicht setzen.«

Sie war zu erregt, um still auf einem Stuhl sitzen zu können.

»Wie Sie wollen.«

Er lehnte sich an Tortus Schreibtisch.

»Ich habe Sie gefragt, ob Sie Ihren Vater gesehen haben.«

»Seitdem ich zurück bin, noch nicht.«

»Wann sind Sie nach Hause gekommen?«

»Um Viertel nach zwölf.«

»Wer hat es Ihnen gesagt?«

»Der Concierge.«

Lamure schien Gus und seiner Schwester aufgelauert zu haben, um es ihnen als Erster zu erzählen.

»Und dann?«

»Was dann?«

»Was haben Sie dann gemacht?«

»Ferdinand wollte mit mir sprechen, aber ich habe gar nicht hingehört und bin gleich in mein Zimmer gegangen.«

»Dort war dann Lise?«

»Ja. Sie hat das Badezimmer geputzt. Alles hat sich wegen des Vorfalls verspätet.«

»Haben Sie geweint?«

»Nein.«

»Haben Sie nicht daran gedacht, zu Ihrem Vater zu gehen?«

»Vielleicht. Ich erinnere mich nicht. Ich bin nicht hingegangen.«

»Sind Sie lange in Ihrem Zimmer geblieben?«

»Ich habe nicht auf die Uhr gesehen. Fünf Minuten, vielleicht auch etwas länger.«

»Und was haben Sie gemacht?«

Sie blickte ihn zögernd an. Das schien hier so üblich zu sein. Alle überlegten sich ihre Worte ganz genau.

»Mich im Spiegel angeschaut.«

Ihr Ton war provozierend. Auch das war typisch für die ganze Familie.

»Warum?«

»Sie wollen, dass ich offen spreche, oder? Dann tue ich es halt. Ich wollte herauszufinden, wem ich ähnlich sehe.«

»Ihrem Vater oder Ihrer Mutter?«

»Ja.«

»Und zu welchem Ergebnis sind Sie gekommen?«

Ihre Züge verhärteten sich, wutentbrannt schrie sie:

»Meiner Mutter!«

»Hassen Sie Ihre Mutter, Mademoiselle Parendon?«

»Ich hasse sie nicht. Ich möchte ihr helfen. Ich habe es schon oft versucht.«

»Wobei helfen?«

»Glauben Sie, so kommen wir weiter?«

»Was meinen Sie damit?«

»Dieses Frage- und Antwortspiel.«

»Es könnte mir helfen, besser zu verstehen, wie …«

»Sie verbringen ein paar Stunden in diesem Haus, gehen von einem zum anderen und behaupten dann zu verstehen? Glauben Sie mir, ich habe nichts gegen Sie. Ich weiß, dass Sie seit Montag hier herumschleichen …«

»Wissen Sie auch, wer mir die Briefe geschickt hat?«

»Ja.«

»Woher wissen Sie es?«

»Ich habe ihn dabei überrascht, wie er die Briefköpfe abgeschnitten hat.«

»Hat Gus Ihnen gesagt, wem er die Briefe schickt?«

»Nein. Erst als hier im Haus darüber gesprochen wurde, ist mir klar geworden …«

»Wer hat darüber gesprochen?«

»Ich weiß es nicht mehr. Vielleicht Julien Baud.

Ich mag ihn sehr. Er hat etwas Verschrobenes, aber er ist ein netter Kerl.«

»Eines interessiert mich noch. Bambi und Gus … die Namen haben Sie sich ausgedacht, oder?«

Sie lächelte.

»Wundert Sie das?«

»Aus Protest?«

»Sie haben es erraten. Aus Protest gegen diese pompöse Bude, gegen die Art, wie wir leben, gegen die Leute, die hier verkehren. Ich wäre lieber in eine ärmere Familie geboren worden, ich hätte lieber gekämpft, um meinen Weg zu finden.«

»Sie kämpfen auf Ihre Weise.«

»Archäologie, nun ja … Ich wollte keinen Beruf, bei dem ich mich in ein gemachtes Nest setzen konnte.«

»Sie regen sich vor allem über Ihre Mutter auf, nicht wahr?«

»Ich würde lieber nicht über sie sprechen.«

»Aber sie ist leider im Augenblick sehr wichtig, oder?«

»Vielleicht. Ich weiß es nicht.«

Sie musterte ihn verstohlen.

»Sie halten sie für schuldig«, beharrte Maigret.

»Wie kommen Sie darauf?«

»Als ich vor der Tür des Boudoirs stand, hab ich Ihren Wutausbruch gehört.«

»Das heißt nicht, dass ich sie für schuldig halte.

Ich mag nicht, wie sie sich verhält. Ich mag das Leben nicht, das sie führt und zu dem sie uns zwingt. Ich mag nicht …«

Sie hatte sich weniger in der Gewalt als ihr Bruder, obwohl sie äußerlich ruhiger schien.

»Werfen Sie ihr vor, dass sie Ihren Vater nicht glücklich macht?«

»Man kann Menschen nicht gegen ihren Willen glücklich machen. Aber man kann sie unglücklich machen …«

»Mochten Sie Mademoiselle Vague genauso gern wie Julien Baud?«

Sie zögerte keine Sekunde mit der Antwort:

»Nein!«

»Warum nicht?«

»Weil sie eine kleine Intrigantin war und meinem Vater vorgemacht hat, sie würde ihn lieben.«

»Haben Sie gehört, wie die beiden von Liebe sprachen?«

»Natürlich nicht. Sie hat doch nicht vor mir rumgeturtelt. Es war offensichtlich, wenn sie bei ihm war. Ich weiß, was hinter der geschlossenen Tür passiert ist.«

»Ist das für Sie moralisch …«

»Ich pfeife auf Moral. Außerdem, welche Moral? Glauben Sie, die Moral in diesem Viertel ist die gleiche wie die in einer kleinen Provinzstadt oder die im zwanzigsten Arrondissement?«

»Meinen Sie, Ihr Vater hat ihretwegen gelitten?«

»Vielleicht hat sie dafür gesorgt, dass er sich noch mehr abgeschottet hat.«

»Wollen Sie damit sagen, dass sie ihn Ihnen entfremdet hat?«

»Darüber habe ich noch nicht nachgedacht, niemand denkt über so was nach. Nehmen wir an, sie wäre nicht da gewesen, vielleicht hätte es dann die Möglichkeit einer …«

»Einer was? Einer Aussöhnung gegeben?«

»Die brauchte es nicht. Meine Eltern haben sich nie geliebt, und ich glaube auch nicht mehr an die Liebe. Aber man kann doch in Frieden miteinander leben, in einer gewissen Harmonie …«

»Und das wollten Sie erreichen?«

»Ich habe versucht, meine Mutter etwas zu zügeln, ihre Unberechenbarkeit zu dämpfen.«

»Ihr Vater hat Ihnen nicht geholfen?«

Sie hatte ganz andere Vorstellungen als ihr Bruder, in einigen wenigen Punkten waren sie sich allerdings einig.

»Er hatte aufgegeben.«

»Wegen seiner Sekretärin?«

»Dazu möchte ich nichts sagen. Ich möchte gar nichts mehr sagen. Versetzen Sie sich in meine Lage. Ich komme von der Sorbonne nach Hause und finde …«

»Sie haben recht. Aber glauben Sie mir, ich tue

das alles nur, um Schlimmeres zu vermeiden. Die Ermittlungen könnten sich wochenlang hinziehen, die Ungewissheit, die Vorladungen der Kriminalpolizei und dann beim Untersuchungsrichter …«

»Daran habe ich nicht gedacht. Was werden Sie tun?«

»Das weiß ich noch nicht.«

»Haben Sie zu Mittag gegessen?«

»Nein. Und Sie auch nicht, und Ihr Bruder wartet bestimmt im Esszimmer auf Sie.«

»Isst mein Vater nicht mit uns?«

»Er wollte lieber in seinem Arbeitszimmer bleiben.«

»Was ist mit Ihnen? Essen Sie nichts?«

»Ich habe keinen Hunger, allerdings sterbe ich fast vor Durst.«

»Was möchten Sie trinken, Bier, Wein?«

»Ganz gleich, was, aber das Glas muss groß sein.«

Sie musste lächeln.

»Warten Sie einen Augenblick.«

Er hatte ihr Lächeln verstanden. Sie konnte sich nicht vorstellen, dass er wie ein Bote in die Küche oder in die Anrichte ging. Aber ebenso wenig konnte sie sich vorstellen, dass er sich zu ihr und Gus setzte, während sie schweigend zu Mittag aßen.

Als sie wiederkam, hatte sie in der einen Hand einen sechs Jahre alten Saint-Émilion und in der anderen ein Kristallglas.

»Entschuldigen Sie bitte, dass ich ein wenig schroff und wohl nicht sehr hilfreich war.«

»Sie sind alle sehr hilfreich. Aber nun gehen Sie schnell essen, Mademoiselle Bambi.«

Es war ein komisches Gefühl, im Büro von Tortu und dem jungen Schweizer allein mit einer Flasche Wein und einem Glas zu sitzen. Weil er von einem großen Glas gesprochen hatte, hatte sie ein Wasserglas gebracht. Er füllte es ohne Skrupel bis an den Rand.

Er hatte wirklich Durst. Und er brauchte etwas zur Aufmunterung, schließlich hatte er einen der anstrengendsten Vormittage seiner Laufbahn hinter sich. Sicher, Madame Parendon wartete auf ihn. Sie wusste, dass er jeden befragt hatte, nur sie nicht. Und sie verging bestimmt vor Ungeduld.

Hatte sie sich etwas zu essen bringen lassen so wie ihr Mann?

Er stand am Fenster und trank den Wein in kleinen Schlucken. Dabei ließ er die Augen über den Hof schweifen, wo er zum ersten Mal kein Auto stehen sah. Dafür rekelte sich eine rotbraune Katze in einem Sonnenfleck. Lamure hatte ihm gesagt, es gebe kein einziges Tier im Haus, außer einem Papagei, also musste dies eine Katze aus der Nachbarschaft sein, die sich ein friedliches Plätzchen gesucht hatte.

Er überlegte, ob er noch ein Glas trinken sollte,

füllte es aber nur zur Hälfte und stopfte sich, ehe er trank, eine Pfeife.

Dann stieß er einen Seufzer aus und machte sich auf den Weg zum Boudoir.

Er brauchte nicht anzuklopfen. Trotz des Teppichs hatte man seine Schritte gehört, und die Tür öffnete sich, als er davorstand.

Madame Parendon, immer noch im türkisblauen Morgenrock, war inzwischen geschminkt und frisiert und sah nun fast genauso aus wie am Tag zuvor.

Vielleicht etwas abgespannt, etwas müder? Etwas war anders, als hätte es einen Bruch gegeben, aber er wusste nicht, was es war.

»Ich habe Sie erwartet.«

»Ich weiß. Und sehen Sie, da bin ich.«

»Warum haben Sie erst mit allen anderen gesprochen?«

»Vielleicht, um Ihnen Zeit zum Nachdenken zu geben.«

»Ich brauche nicht nachzudenken. Ich wüsste nicht, worüber.«

»Über das, was geschehen ist, und das, was unweigerlich geschehen wird.«

»Wovon sprechen Sie?«

»Nach einem Mord kommt es früher oder später zu einer Verhaftung, einer gerichtlichen Untersuchung, einem Prozess.«

»Was geht mich das an?«

»Sie haben Antoinette gehasst, nicht wahr?«

»Sie nennen sie auch bei ihrem Vornamen?«

»Wer tut es sonst noch?«

»Gus zum Beispiel. Ob mein Mann es tut, weiß ich nicht. Er würde es fertigbringen, mit ihr zu schlafen und Sie dabei ›Mademoiselle‹ zu nennen.«

»Sie ist tot.«

»Na und? Muss man einem Menschen, nur weil er tot ist, einen Lorbeerkranz winden?«

»Sie sind zusammen mit Ihrer Schwester aus dem Crillon zurückgekommen. Was haben Sie gemacht, nachdem Ihre Schwester gegangen war?«

Sie runzelte die Stirn, erinnerte sich und lachte höhnisch.

»Stimmt, Sie haben ja das Haus mit Polizisten gespickt ... Stellen Sie sich vor, ich hatte Kopfschmerzen, nahm ein Aspirin und versuchte zu lesen. Das Buch liegt übrigens noch dort, und Sie werden auf Seite zehn oder zwölf ein Lesezeichen finden. Ich bin nicht weit gekommen.

Ich habe mich hingelegt, konnte aber nicht einschlafen. Das kommt häufiger vor, und mein Arzt weiß das.«

»Doktor Martin?«

»Doktor Martin ist der Arzt meines Mannes und der Kinder. Mein Arzt ist Doktor Pommeroy, am Boulevard Haussmann. Ich bin ja Gott sei Dank nicht krank!«

Das sagte sie in sehr energischem Ton, fast trotzig.

»Ich mache keine Therapie, keine Diät …«

Es klang, als wollte sie sagen:

»Ich bin nicht so wie mein Mann.«

Sie sagte es aber nicht und fuhr fort:

»Das Einzige, worüber ich zu klagen habe, ist Schlaflosigkeit. Manchmal schlafe ich erst morgens gegen drei Uhr ein. Das ist zermürbend und qualvoll zugleich.«

»War es in der letzten Nacht auch so?«

»Ja.«

»Hatten Sie Sorgen?«

»Wegen Ihres Besuchs?« Das kam wie aus der Pistole geschossen.

»Wegen der anonymen Briefe und der Atmosphäre, die diese Briefe erzeugt haben.«

»Ich schlafe schon seit Jahren sehr schlecht, auch ohne anonyme Briefe … Jedenfalls bin ich wieder aufgestanden und habe ein Schlafmittel genommen, das Doktor Pommeroy mir verschrieben hat. Wenn Sie die Packung sehen wollen …«

»Warum sollte ich sie mir ansehen?«

»Ich weiß nicht. Nach Ihren Fragen von gestern bin ich auf alles gefasst. Trotz des Schlafmittels habe ich noch eine halbe Stunde wach gelegen, und als ich aufwachte, war ich erschrocken, dass es schon halb zwölf war.«

»Ich dachte, Sie stehen oft spät auf.«

»Nicht so spät. Ich habe nach Lise geklingelt. Sie hat mir Tee und Toast gebracht. Erst als sie die Vorhänge aufgezogen hat, sah ich ihre geröteten Augen. Ich fragte sie, warum sie geweint hat. Da hat sie gleich wieder angefangen und gesagt, es sei ein Unglück geschehen, und ich habe zuerst an meinen Mann gedacht.«

»Sie glaubten, ihm sei etwas zugestoßen?«

»Halten Sie diesen Mann für gesund? Sein Herz kann jeden Augenblick versagen, so wie das Übrige auch.«

Er ging nicht auf »das Übrige« ein. Das hob er sich für später auf.

»Sie hat mir schließlich gesagt, dass Mademoiselle Vague ermordet worden ist und dass es im Haus von Polizisten wimmelt.«

»Was war Ihre erste Reaktion?«

»Ich war so vor den Kopf gestoßen, dass ich zunächst einmal einen Schluck Tee trinken musste. Dann bin ich in das Arbeitszimmer meines Mannes gestürzt … Was wird mit ihm geschehen?«

Maigret spielte den Begriffsstutzigen.

»Mit wem?«

»Mit meinem Mann. Sie werden ihn doch nicht ins Gefängnis stecken, bei seiner schlechten Gesundheit.«

»Warum sollte ich Ihren Mann ins Gefängnis stecken? Erstens ist das nicht meine Aufgabe, sondern die des Untersuchungsrichters, und zweitens sehe ich im Augenblick keinen Grund für eine Verhaftung Ihres Mannes.«

»Wen verdächtigen Sie dann?«

Er antwortete nicht. Langsam ging er auf dem blauen Teppich mit dem gelben Muster auf und ab, während sie sich wie am Tag zuvor in den Ohrensessel setzte.

»Warum, Madame Parendon«, fragte er, jede Silbe betonend, »sollte Ihr Mann seine Sekretärin getötet haben?«

»Ist da ein Grund nötig?«

»Gewöhnlich mordet man nicht ohne Grund.«

»Manche Leute erfinden sich einen Grund, glauben Sie nicht?«

»Und welcher wäre das in diesem Fall?«

»Wenn sie zum Beispiel schwanger gewesen wäre.«

»Haben Sie Gründe, das zu glauben?«

»Nein.«

»Ist Ihr Mann katholisch?«

»Nein.«

»Angenommen, sie wäre schwanger gewesen, dann wäre es doch durchaus möglich, dass er sich darüber gefreut hätte.«

»Das hätte sein Leben nur komplizierter gemacht.«

»Sie vergessen, dass die Jahre vorbei sind, da

man mit dem Finger auf uneheliche Mütter zeigte. Die Zeiten ändern sich, Madame Parendon. Viele Frauen scheuen sich auch nicht mehr, sich einem liberal denkenden Gynäkologen anzuvertrauen.«

»Ich habe das nur als Beispiel gesagt.«

»Nennen Sie einen anderen Grund.«

»Sie hätte ihn erpressen können.«

»Weswegen? Macht Ihr Mann unsaubere Geschäfte? Gibt es schwerwiegende Unregelmäßigkeiten, die seine Anwaltsehre beflecken könnten?«

»Nein, bestimmt nicht.«

Sie zündete sich eine Zigarette an.

»Solche Frauen wollen am Ende immer geheiratet werden.«

»Hat Ihr Mann mit Ihnen über Scheidung gesprochen?«

»Bis jetzt nicht.«

»Was würden Sie in dem Fall tun?«

»Ich müsste mich damit abfinden, und auch damit, nicht mehr auf ihn aufpassen zu können.«

»Sie sind vermögend, nicht wahr?«

»Vermögender als er. Dieses Haus gehört mir.«

»Warum sollte Mademoiselle Vague Ihren Mann also erpresst haben?«

»Vielleicht wird man einer falschen Liebe müde?«

»Warum falsch?«

»Wegen des Altersunterschieds, der Herkunft, der Lebensweise, wegen allem …«

»Ist Ihre Liebe denn wahr?«

»Ich habe ihm zwei Kinder geschenkt.«

»Wollen Sie damit sagen, dass sie ein Bestandteil Ihrer Aussteuer waren?«

»Wollen Sie mich beleidigen?«

Wieder sah sie ihn wütend an, während er sich nicht aus der Ruhe bringen ließ.

»Das liegt mir fern, Madame. Aber zum Kinderkriegen gehören normalerweise zwei. Sagen Sie doch einfach, Ihr Mann und Sie haben zwei Kinder bekommen.«

»Worauf wollen Sie hinaus?«

»Dass Sie mir einfach und ehrlich sagen, was Sie heute Vormittag getan haben.«

»Ich habe es Ihnen gesagt.«

»Weder einfach noch ehrlich. Sie haben mir eine lange Geschichte von Schlaflosigkeit erzählt, um so den ganzen Vormittag zu übergehen.«

»Ich habe geschlafen.«

»Darüber hätte ich gern Gewissheit. Wahrscheinlich werde ich es schon sehr bald erfahren. Meine Inspektoren haben notiert, wer was zwischen Viertel nach neun und zehn Uhr in der Wohnung gemacht hat, wer wann gekommen oder gegangen ist. Ich weiß sehr genau, dass man auf verschiedenen Wegen in die Büros gelangen kann.«

»Bezichtigen Sie mich der Lüge?«

»Jedenfalls sagen Sie mir nicht die ganze Wahrheit.«

»Halten Sie meinen Mann für unschuldig?«

»Ich halte niemanden a priori für unschuldig und ebenso niemanden für schuldig.«

»Aber die Art, wie Sie mich befragen …«

»Was hat Ihre Tochter Ihnen vorgeworfen, als ich sie holen kam?«

»Hat sie es Ihnen nicht gesagt?«

»Ich habe sie nicht danach gefragt.«

Wieder lachte sie höhnisch. Um ihren Mund zeigte sich ein verbitterter, verächtlicher Zug.

»Sie hat mehr Glück als ich.«

»Ich habe Sie gefragt, was sie Ihnen vorgeworfen hat.«

»Dass ich in einem Augenblick wie diesem nicht bei ihrem Vater war, wenn Sie es unbedingt wissen wollen.«

»Glaubt sie, dass ihr Vater der Mörder ist?«

»Und wenn es so wäre?«

»Und Gus? Glaubt er es auch?«

»Gus ist in einem Alter, in dem der Vater noch eine Art Gott ist und die Mutter eine Furie.«

»Als Sie vorhin ins Arbeitszimmer Ihres Mannes gekommen sind, haben Sie da gewusst, dass ich bei ihm war?«

»Sie sind doch nicht überall, Monsieur Maigret, ich durfte hoffen, meinen Mann allein zu sehen.«

»Sie haben ihm eine Frage gestellt.«

»Eine ganz einfache, ganz natürliche Frage, die jede Ehefrau unter diesen Umständen ihrem Mann gestellt hätte. Sie haben seine Reaktion gesehen. Finden Sie das normal? Würden Sie sagen, jemand, der vor Wut mit den Füßen aufstampft und Beleidigungen stammelt, sei normal?«

Sie wusste, dass sie damit einen Punkt gemacht hatte, und steckte sich eine neue Zigarette an, nachdem sie die erste in einem Aschenbecher aus blauem Marmor ausgedrückt hatte.

»Ich warte auf weitere Fragen, falls Sie noch welche haben.«

»Haben Sie schon zu Mittag gegessen?«

»Machen Sie sich deswegen keine Gedanken. Wenn Sie Hunger haben ...«

Der Ausdruck ihres Gesichts vermochte sich von einer Minute zur anderen zu verändern, ihr Benehmen ebenfalls. Sie war wieder ganz die Dame von Welt. Leicht zurückgelehnt, die Augen halb geschlossen, zeigte sie ihm ihre tiefe Verachtung.

7

Seit Beginn des Gesprächs mit Madame Parendon hatte Maigret sich zusammengerissen, aber ganz allmählich überlagerte Traurigkeit seinen Ärger. Er kam sich plump und ungeschickt vor, spürte er doch, dass er zu wenig wusste, um dieses Verhör zu einem guten Ende zu bringen.

Er setzte sich schließlich in einen der Sessel, die viel zu zierlich für ihn waren, und sagte, die erloschene Pfeife in der Hand, mit ruhiger, aber dumpfer Stimme:

»Hören Sie, Madame, Sie mögen es nicht glauben ... Aber ich bin nicht Ihr Feind. Ich bin nur ein Beamter, dessen Beruf es ist, mit den ihm zur Verfügung stehenden Mitteln die Wahrheit herauszufinden.

Ich werde Ihnen noch einmal die Frage stellen, die ich Ihnen vorhin gestellt habe. Ich bitte Sie nachzudenken, ehe Sie antworten, das Für und Wider zu erwägen. Ich sage Ihnen aber gleich: Sollte sich herausstellen, dass Sie mich belogen haben, werde ich den Untersuchungsrichter um einen Haftbefehl bitten.«

Er beobachtete sie, vor allem ihre Hände, die ihre innere Erregung verrieten.

»Haben Sie heute Morgen nach neun Ihr Schlafzimmer und Ihr Boudoir verlassen und sich, warum auch immer, in den Flügel mit den Büros begeben?«

Sie zuckte nicht mit der Wimper, wandte nicht die Augen ab. Sie ließ sich Zeit, ganz wie er ihr geraten hatte. Es war jedoch klar, dass sie nicht nachdachte, dass ihre Haltung ein für alle Mal feststand. Schließlich sagte sie:

»Nein.«

»Sie waren nicht in einem der Flure?«

»Nein.«

»Sie sind nicht durch den Salon gegangen?«

»Nein.«

»Sie haben nicht zufällig Mademoiselle Vagues Büro betreten?«

»Nein. Ich möchte hinzufügen, dass ich diese Fragen beleidigend finde.«

»Ich muss sie stellen.«

»Sie vergessen, dass mein Vater noch lebt …«

»Soll das eine Drohung sein?«

»Ich möchte Sie nur daran erinnern, dass Sie nicht in Ihrem Büro am Quai des Orfèvres sind.«

»Soll ich Sie dorthin bringen lassen?«

»Versuchen Sie es doch.«

Er nahm sie lieber nicht beim Wort. Manchmal

ging er in Meung-sur-Loire angeln, und einmal hatte er einen Aal aus dem Wasser gezogen. Nur mit größter Mühe hatte er ihn vom Angelhaken losmachen können. Unaufhörlich war er ihm aus den Händen geglitten und schließlich ins Ufergras gefallen und von dort zurück ins Wasser gelangt.

Er war nicht zu seinem Vergnügen hier. Er angelte nicht.

»Sie leugnen also, Mademoiselle Vague getötet zu haben?«

Unaufhörlich die gleichen Worte, der gleiche Blick, der Blick eines Menschen, der verzweifelt einen anderen Menschen zu verstehen sucht.

»Sie wissen es genau.«

»Was weiß ich?«

»Dass mein armer Mann sie getötet hat.«

»Aus welchem Grund?«

»Ich habe es Ihnen gesagt. In seinem Zustand braucht man keinen bestimmten Grund.

Ich will Ihnen etwas anvertrauen, das nur er und ich wissen, weil er es mir vor unserer Heirat gestanden hat. Er hatte Angst vor dieser Heirat. Er hat sie immer wieder verschoben. Ich wusste nicht, dass er damals bei verschiedenen Ärzten in Behandlung war.

Wissen Sie, dass er mit siebzehn Jahren versucht hat, sich umzubringen, aus Angst, nicht normal zu sein? Er hat sich die Pulsadern aufgeschnitten. Als das Blut herausgespritzt ist, war er so erschrocken, dass er um Hilfe gerufen hat. Er hat einen Unfall vorgetäuscht.

Wissen Sie, was diese Neigung zum Selbstmord bedeutet?«

Maigret bedauerte, die Flasche Wein nicht mitgenommen zu haben. Tortu und Julien Baud waren bestimmt bei ihrer Rückkehr überrascht gewesen, sie in ihrem Büro zu finden, und hatten sie wohl inzwischen geleert.

»Er hatte Skrupel. Er fürchtete, unsere Kinder könnten nicht normal sein. Als Bambi heranwuchs und zu sprechen begann, beobachtete er sie mit Sorge …«

Vielleicht stimmte das. Sicherlich war manches von dem wahr, was sie sagte, aber er hatte weiterhin den Eindruck, dass da eine Art Verschiebung oder Sprung zwischen den Wörtern, den Sätzen und der Wirklichkeit war.

»Die Angst vor Krankheit und Tod verfolgte ihn. Doktor Martin könnte Ihnen das bestätigen …«

»Ich habe Doktor Martin heute Morgen gesehen.«

Offenbar hörte sie das nicht gern, doch sie fasste sich rasch.

»Und er hat es Ihnen nicht gesagt?«

»Nein. Und er hat nicht einen Augenblick daran gedacht, dass Ihr Mann der Mörder sein könnte.«

»Es gibt eine ärztliche Schweigepflicht, Kommissar.«

Auf einmal ein Hoffnungsschimmer, allerdings noch vage und fern.

»Ich habe auch mit seinem Bruder telefoniert. Er ist in Nizza auf einem Kongress.«

»War das, nachdem es passiert ist?«

»Vorher.«

»War er nicht beunruhigt?«

»Er hat mir nicht geraten, Ihren Mann zu überwachen.«

»Gerade er muss doch wissen …«

Sie zündete sich die nächste Zigarette an – sie rauchte unablässig –, und zog den Rauch tief ein.

»Sind Sie nie Menschen begegnet, die die Verbindung zum Leben, zur Wirklichkeit verloren haben? Die eine komplette Wandlung vollziehen, so, wie wenn man einen Handschuh umstülpt?

Fragen Sie unsere Bekannten, fragen Sie sie, ob mein Mann sich noch für seine Mitmenschen interessiert. Auf mein Drängen nimmt er manchmal an Abendessen mit Gästen teil, aber er bemerkt ihre Anwesenheit kaum, und wenn er etwas zu ihnen sagt …

Er hört nicht zu, bleibt ganz in sich eingeschlossen.«

»Hat *er* sich die Freunde und Freundinnen, von denen Sie sprechen, ausgesucht?«

»Es sind die Menschen, mit denen wir unserer gesellschaftlichen Stellung wegen verkehren müssen, ganz normale Menschen, die ein ganz normales Leben führen.«

Er fragte sie nicht, was sie unter einem normalen Leben verstand, ließ sie lieber weiterreden. Ihr Monolog wurde immer aufschlussreicher.

»Glauben Sie, dass er im letzten Sommer auch nur einmal am Strand oder im Schwimmbad war? Er hat die ganze Zeit im Garten unter einem Baum gesessen. Als junge Frau dachte ich immer, er wäre bloß zerstreut, wenn er mir plötzlich nicht mehr zuhörte, dabei ist es eine völlige Unfähigkeit, mit anderen Menschen zu leben.

Darum vergräbt er sich in seinem Arbeitszimmer. Darum geht er kaum aus und sieht uns so verschreckt an, mit diesen Eulenaugen. Sie waren zu schnell in Ihrem Urteil, Monsieur Maigret.«

»Ich habe noch eine andere Frage.«

Er kannte die Antwort schon.

»Haben Sie seit gestern Abend Ihren Revolver in die Hand genommen?«

»Warum hätte ich das tun sollen?«

»Ich will keine Gegenfrage hören, sondern eine Antwort.«

»Die Antwort lautet nein.«

»Wie lange haben Sie ihn nicht mehr in der Hand gehabt?«

»Seit Monaten. Ich habe die Schublade eine Ewigkeit nicht aufgeräumt …«

»Sie haben ihn gestern herausgenommen, um ihn mir zu zeigen.«

»Das hatte ich vergessen.«

»Da ich ihn angefasst habe, könnten meine Fingerabdrücke andere verwischt haben.«

»Und das ist alles?«

Sie blickte ihn an, als wäre sie enttäuscht, dass er so tollpatschig, so unbeholfen war.

»Sie haben mir eben ausführlich von der Isolierung Ihres Mannes erzählt und seinem mangelnden Kontakt zur Wirklichkeit. Aber erst gestern noch hat er in seinem Arbeitszimmer mit zwei Geschäftsmännern eine äußerst wichtige Angelegenheit verhandelt.«

»Warum, glauben Sie, befasst er sich mit Seerecht? Er ist noch nie in seinem Leben auf einem Schiff gewesen, er hat keinerlei Verbindung zu Seeleuten. All das findet nur auf dem Papier statt, das ist alles abstrakt. Verstehen Sie nicht? Es ist ein weiterer Beweis für das, was ich Ihnen immer wieder sage und was Sie nicht wahrhaben wollen.«

Sie stand auf und begann im Zimmer auf und ab zu gehen, wie jemand, der scharf nachdenken muss.

»Selbst seine Marotte, der berühmte Artikel 64 … Zeigt das nicht auch, dass er Angst hat, Angst vor sich selbst, und dass er sich zu beruhigen versucht?

Er weiß, dass Sie hier sind, dass Sie mich befragen. In diesem Haus weiß jeder stets, was der andere tut. Wissen Sie, woran er denkt? Er wünscht, dass ich mich aufrege, die Nerven verliere, dass ich einen Wutanfall bekomme, damit ich an seiner Stelle verdächtigt werde.

Ich wandere ins Gefängnis, und er wäre frei.«

»Einen Augenblick. Das verstehe ich nicht. Welche neue Freiheit meinen Sie?«

»Die totale Freiheit.«

»Und was soll er damit anfangen, Mademoiselle Vague ist ja tot.«

»Es gibt andere Mademoiselle Vagues.«

»Sie behaupten also, Ihr Mann würde Ihre Abwesenheit ausnutzen, um sich Geliebte zu halten?«

»Warum nicht? Auch das ist eine Art, sich zu beruhigen.«

»Indem er dann eine nach der anderen tötet?«

»Er muss sie ja nicht unbedingt töten.«

»Ich dachte, er sei unfähig zu menschlichen Beziehungen.«

»Mit normalen Menschen, Menschen aus unserer Welt.«

»Weil die Menschen, die nicht aus Ihrer Welt sind, nicht normal sind?«

»Sie wissen sehr genau, wie ich das meine … nämlich, dass nicht normal ist, wie er mit ihnen verkehrt.«

»Warum?«

Es klopfte an der Tür. Ferdinand kam herein.

»Einer der Herren möchte Sie sprechen, Monsieur Maigret.«

»Wo ist er?«

»Hier im Flur. Er hat mir gesagt, es sei äußerst dringend, und ich habe mir erlaubt, ihn herzuführen.«

Der Kommissar sah Lucas im halbdunklen Flur stehen.

»Einen Augenblick, bitte, Madame Parendon.«

Er schloss die Tür hinter sich, während Ferdinand sich entfernte und die Frau des Anwalts allein in ihren Räumen blieb.

»Was ist, Lucas?«

»Sie ist heute Morgen zweimal durch den Salon gegangen.«

»Bist du dir sicher?«

»Von hier aus kann man es nicht sehen, aber vom Salon aus sieht man es sehr gut … An einem der Fenster in der Rue du Cirque sitzt fast den ganzen Tag ein Mann im Rollstuhl.«

»Ist er schon sehr alt?«

»Nein. Anfang fünfzig etwa, er hatte einen Unfall und kann nicht mehr gehen. Er interessiert sich für alles hier im Haus und ist ganz begeistert, wenn im Hof die Autos gewaschen werden, besonders wenn es der Rolls-Royce ist. Ich habe ihn alles Mögliche gefragt, auch Nebensächliches, seinen Antworten nach zu urteilen, ist er vertrauenswürdig. Er heißt Montagné. Seine Tochter ist Hebamme.«

»Um wie viel Uhr hat er Madame Parendon zum ersten Mal gesehen?«

»Kurz nach halb zehn.«

»War sie auf dem Weg zu den Büros?«

»Ja. Er kennt sich mit der Wohnung besser aus als wir. Er weiß zum Beispiel auch von der Beziehung zwischen Parendon und seiner Sekretärin.«

»Was hatte sie an?«

»Einen blauen Morgenrock.«

»Und das zweite Mal?«

»Keine fünf Minuten später ist sie in umgekehrter Richtung durch den Salon gegangen. Und da ist ihm etwas aufgefallen. Das Dienstmädchen befand sich ebenfalls im Salon und wischte Staub, und sie hat sie nicht gesehen.«

»Madame Parendon hat das Dienstmädchen nicht gesehen?«

»Genau.«

»Hast du Lise vernommen?«

»Ja, heute Morgen.«

»Hat sie dir nichts davon erzählt?«

»Sie sagt, sie habe nichts gesehen.«

»Danke, mein Lieber.«

»Was soll ich jetzt tun?«

»Ihr wartet beide auf mich. Konnte jemand die Aussage dieses Montagné bestätigen?«

»Nur ein junges Dienstmädchen im fünften Stock, das glaubt, zur selben Zeit etwas Blaues gesehen zu haben.«

Maigret klopfte an die Tür des Boudoirs und trat im selben Augenblick ein, als Madame Parendon aus ihrem Schlafzimmer kam. Er leerte seine Pfeife und stopfte sich eine neue, ehe er sagte:

»Würden Sie so liebenswürdig sein und Ihr Dienstmädchen rufen?«

»Brauchen Sie etwas?«

»Ja.«

»Wie Sie wollen.«

Sie drückte auf einen Klingelknopf. Eine Weile sagten beide nichts, und Maigret konnte sich beim Anblick dieser Frau, der er so zusetzte, nicht eines gewissen Mitgefühls erwehren. In Gedanken wiederholte er den Text des Artikels 64, von dem seit drei Tagen in diesem Haus so oft die Rede gewesen war.

Es findet weder ein Verbrechen noch ein Vergehen statt, wenn sich der Angeklagte zur Zeit der Tat in einem Zustande von Verwirrtheit befand oder wenn er dazu durch eine Macht gezwungen wurde, welcher er nicht Widerstand leisten konnte.

Hätte der Mann, den Madame Parendon ihm gerade beschrieben hatte, ihr Mann, in einem Zustand der Verwirrtheit, der Geistesgestörtheit einen Mord begehen können?

Hatte auch sie psychiatrische Werke gelesen? Oder aber …

Lise kam ängstlich herein.

»Sie haben mich gerufen, Madame?«

»Der Herr Kommissar möchte Sie sprechen.«

»Schließen Sie die Tür, Lise. Keine Angst. Als Sie heute Morgen die Fragen meiner Inspektoren beantwortet haben, standen Sie sicherlich noch unter Schock und konnten die Bedeutung dieser Fragen nicht ermessen.«

Die arme Frau sah erst den Kommissar und dann ihre Chefin an, die zurückgelehnt und mit übereinandergeschlagenen Beinen in dem Ohrensessel saß und gelangweilt vor sich hinblickte, als ginge sie das alles überhaupt nichts an.

»Gut möglich, dass Sie vor dem Schwurgericht unter Eid aussagen müssen. Man wird Ihnen dort die gleichen Fragen stellen. Wenn sich herausstellt, dass Sie lügen, müssen Sie mit einer Haftstrafe rechnen.«

»Ich weiß nicht, wovon Sie sprechen.«

»Wir wissen jetzt, wer zwischen Viertel nach neun und zehn Uhr was in der Wohnung getan hat. Kurz nach halb zehn, sagen wir, um neun Uhr fünfunddreißig, haben Sie im Salon Staub gewischt. Stimmt das?«

Wieder ein Blick zu Madame Parendon, die den Blick gesenkt hielt, und dann mit leiser Stimme:

»Ja.«

»Wann sind Sie in den Salon gekommen?«

»Um halb zehn. Kurz nach halb zehn.«

»Sie haben also Madame Parendon nicht zu den Büros gehen sehen?«

»Nein.«

»Aber kurz nach Ihrem Eintreten, als Sie hinten im Raum standen, haben Sie sie in umgekehrter Richtung gehen sehen, also, zu diesem Boudoir.«

»Was soll ich tun, Madame?«

»Das ist Ihre Sache, Schätzchen. Beantworten Sie die Frage, die man Ihnen stellt.«

Tränen kullerten über Lises Wangen. Sie hatte ein Taschentuch aus ihrer Schürzentasche geholt und zerknüllte es in der Hand.

»Hat man Ihnen etwas gesagt?«, fragte sie naiv.

»Befolgen Sie den Rat und beantworten Sie meine Frage.«

»Wird Madame dann angeklagt?«

»Dann wird eine andere Aussage bestätigt, von einem Mieter aus der Rue du Cirque. Er hat Sie beide von seinem Fenster aus gesehen.«

»Dann ist es sinnlos zu lügen. Es stimmt. Verzeihen Sie, Madame.«

Sie wollte auf ihre Chefin zustürzen, sich vielleicht vor ihr auf die Knie werfen, aber Madame Parendon sagte kühl:

»Wenn der Kommissar mit Ihnen fertig ist, können Sie wieder an die Arbeit gehen.«

Schluchzend verließ sie den Raum.

»Und, was soll das beweisen?«, fragte die Frau. Sie war aufgestanden, eine Zigarette im Mund, die Hände in den Taschen ihres blauen Morgenrocks vergraben.

»Dass Sie mindestens einmal gelogen haben.«

»Ich bin hier zu Hause und bin niemandem Rechenschaft schuldig.«

»Im Falle eines Mordes schon. Ich habe Sie gewarnt, bevor ich Ihnen meine Fragen stellte.«

»Bedeutet das, dass Sie mich verhaften werden?«

»Ich werde Sie bitten, mich zum Quai des Orfèvres zu begleiten.«

»Haben Sie einen Haftbefehl?«

»Einen Blanko-Haftbefehl, ich muss nur noch Ihren Namen einsetzen.«

»Und dann?«

»Das hängt nicht mehr von mir ab.«

»Von wem?«

»Vom Untersuchungsrichter und zweifellos von den Ärzten.«

»Glauben Sie, dass ich verrückt bin?«

Panik lag in ihren Augen.

»Antworten Sie mir: Glauben Sie, dass ich verrückt bin?«

»Darüber steht mir kein Urteil zu.«

»Ich bin es nicht, verstehen Sie? Und selbst wenn ich getötet hätte, was ich weiterhin leugne, dann nicht in einem Anfall von Wahnsinn.«

»Darf ich Sie bitten, mir Ihren Revolver zu geben?«

»Nehmen Sie ihn sich selbst. Er liegt in der obersten Schublade meines Toilettentischs.«

Er ging in das Schlafzimmer, das ganz in Blassrosa gehalten war. Die beiden Räume, der eine blau, der andere rosa, ließen an ein Gemälde von Marie Laurencin denken.

Das Bett war noch nicht gemacht, ein großes, niedriges Bett im Louis-XVI-Stil. Die Möbel waren hellgrau gestrichen. Auf dem Toilettentisch standen Cremedosen, Flakons, das ganze Sortiment von Produkten, mit denen Frauen gegen das Altern ankämpfen.

Er zuckte mit den Schultern. Diese sehr private Auslage machte ihn melancholisch. Er dachte an Gus, der den ersten Brief geschrieben hatte. Wäre ohne sein Eingreifen alles anders verlaufen?

Er nahm den Revolver aus der Schublade, in dem auch Schmucketuis lagen.

Er wusste nicht, wie er diese Frage beantworten sollte: Vielleicht hätte Madame Parendon sich dann an ihrem Mann und nicht an der jungen Frau vergriffen. Vielleicht hätte sie noch einige Tage gewartet, vielleicht hätte sie eine andere Waffe benutzt.

Mit düsterer Miene ging er in das Boudoir zurück. Die Frau stand am Fenster und kehrte ihm den Rücken zu, der sich, das sah er nun, zu krümmen begann. Die Schultern kamen ihm schmaler und knochiger vor.

Er hielt die Waffe in der Hand.

»Ich will offen zu Ihnen sein«, sagte er. »Ich kann noch nichts beweisen, aber ich bin überzeugt, dass dieser Revolver in der Tasche Ihres Morgenrocks war, als Sie kurz nach halb zehn durch den Salon gingen.

Ich frage mich sogar, ob Sie nicht in diesem Augenblick noch die Absicht hatten, Ihren Mann zu töten. Die Aussage des kranken Mannes in der Rue du Cirque wird das vielleicht klären. Wahrscheinlich sind Sie an die Tür getreten. Sie haben Stimmen gehört, Ihr Mann war gerade im Gespräch mit René Tortu.

Da ist Ihnen der Gedanke gekommen, sich eine Art Ersatz zu suchen. Wäre die Strafe für Ihren Mann nicht sowieso größer, wenn Sie Antoinette Vague an seiner Stelle töteten? Ganz abgesehen davon, dass er so selbst in Verdacht geriete.

Gestern bei unserem Gespräch haben Sie sich

selbst den Weg geebnet. Heute haben Sie ihn dann beschritten.

Unter dem Vorwand, eine Marke, Briefpapier, was weiß ich, zu holen, sind Sie in das Büro der Sekretärin gegangen. Sie hat Sie flüchtig gegrüßt und sich wieder über ihre Arbeit gebeugt.

Ihr Blick fiel auf das Radiermesser. Es machte den Revolver überflüssig, außerdem hätte ein Schuss Sie verraten können.«

Er verstummte, zündete sich, wenn auch lustlos, eine Pfeife an und wartete. Den Revolver mit dem Perlmuttgriff hatte er eingesteckt. Eine Ewigkeit verstrich. Madame Parendons Schultern bewegten sich nicht. Sie weinte also nicht. Immer noch wandte sie ihm den Rücken zu, und als sie sich schließlich umdrehte, war ihr Gesicht fahl und starr.

Niemand hätte bei ihrem Anblick auch nur geahnt, was an diesem Tag in der Rue Marigny geschehen war, und noch weniger, was sich soeben in diesem blauen Boudoir abgespielt hatte.

»Ich bin nicht verrückt«, sagte sie mit scharfer Stimme.

Er antwortete nicht. Wozu auch? Und was wusste er schon darüber?

8

Ziehen Sie sich an, Madame Parendon«, sagte er leise. »Sie können einen Koffer mitnehmen mit Wäsche zum Wechseln und persönlichen Dingen. Vielleicht sagen Sie Lise Bescheid.«

»Damit sie aufpasst, dass ich mir nicht das Leben nehme? Seien Sie unbesorgt, die Gefahr besteht nicht. Aber Sie können trotzdem auf den Klingelknopf rechts neben Ihnen drücken.«

Er wartete, bis das Dienstmädchen kam.

»Bitte helfen Sie Madame Parendon.«

Dann ging er langsam durch den Flur, die Augen auf den Teppich gerichtet. Er verlief sich und stand mit einem Mal vor der Küche, er entdeckte Ferdinand und die dicke Madame Vauquin hinter der Glastür. Ferdinand saß am Tisch, die Ellbogen aufgestützt, und las in einer Zeitung, vor sich eine halb leere Flasche Rotwein und ein gefülltes Glas.

Maigret trat ein.

Die beiden fuhren zusammen, und Ferdinand sprang mit einem Satz auf.

»Geben Sie mir bitte auch ein Glas.«

»Ich habe die andere Flasche aus dem Büro geholt.«

Wozu? Es war ihm egal, ob er einen alten Saint-Émilion oder einen einfachen Roten trank. Letzterer wäre ihm lieber gewesen, aber das zuzugeben, traute er sich nicht.

Er trank langsam, starrte vor sich hin und protestierte nicht, als der Diener sein Glas zum zweiten Mal füllte.

»Wo sind meine Männer?«

»In der Diele. Sie wollten sich nicht in den Salon setzen.«

Instinktiv bewachten sie die Tür.

»Lucas, geh wieder in den Flur, in dem du vorhin warst. Du stellst dich vor die Tür des Boudoirs und wartest dort auf mich.«

Und an Ferdinand gewandt:

»Ist der Chauffeur im Haus?«

»Brauchen Sie ihn? Ich rufe ihn sofort.«

»Er soll in ein paar Minuten den Wagen zur Toreinfahrt fahren. Sind Journalisten vor dem Haus?«

»Ja, Monsieur.«

»Fotografen?«

»Ja.«

Er klopfte an die Tür von Parendons Arbeitszimmer. Parendon war allein. Vor ihm lagen Papiere, die er mit roten Anmerkungen versah. Er bemerkte Maigret und blickte ihn stumm an. Die blauen Augen hinter den dicken Brillengläsern hatten einen zugleich sanften und traurigen Ausdruck, wie ihn Maigret selten bei einem Menschen gesehen hatte.

Gab es etwas zu sagen? Der Anwalt hatte verstanden. Er hatte auf den Kommissar gewartet und sich währenddessen wie ein Schiffbrüchiger an seine Papiere geklammert.

»Ich glaube, Sie werden Gelegenheit haben, sich noch intensiver mit dem Artikel 64 zu beschäftigen, Monsieur Parendon.«

»Hat sie gestanden?«

»Noch nicht.«

»Glauben Sie, dass sie gestehen wird?«

»Irgendwann, heute Nacht, in zehn Tagen oder in einem Monat, wird es so weit sein. Sie wird zusammenbrechen. Ich möchte lieber nicht dabei sein.«

Der kleine Mann zog sein Taschentuch hervor und begann, seine Brille zu putzen, als wäre dies jetzt von allergrößter Wichtigkeit. Plötzlich schienen seine Pupillen zu verschwimmen, sich aufzulösen. Nur sein Mund zeigte eine Regung, eine fast kindliche Regung.

»Nehmen Sie sie mit?«

Seine Stimme war kaum vernehmbar.

»Sie wird in ihrem Wagen fahren. Das macht es würdiger für sie und wir können den Journalisten aus dem Weg gehen. Ich werde dem Chauffeur

Anweisungen geben, damit wir zur selben Zeit am Quai des Orfèvres eintreffen.«

Parendon blickte ihn dankbar an.

»Wollen Sie mit ihr sprechen?«, fragte Maigret. Er kannte die Antwort.

»Was soll ich ihr sagen?«

»Ich weiß. Sie haben recht. Sind die Kinder zu Hause?«

»Gus ist in der Schule. Ich weiß nicht, ob Bambi in ihrem Zimmer ist oder ob sie heute Nachmittag eine Vorlesung hat.«

Maigret dachte an jene, die ging, und jene, die blieben. Auch für sie würde das Leben, zumindest eine Zeit lang, schwierig sein.

»Hat sie nicht von mir gesprochen?«

Der Anwalt fragte das schüchtern, fast ängstlich.

»Sie hat viel von Ihnen gesprochen.«

Dem Kommissar war klar geworden, dass Madame Parendon die Sätze, die ihren Mann zu bezichtigen schienen, nicht in Büchern gefunden hatte. Sie kamen aus ihr. Sie hatte ihre eigenen Störungen auf ihn übertragen.

Mit einem Blick auf die Wanduhr sagte er:

»Ich warte, bis sie sich angezogen und den Koffer gepackt hat. Das Dienstmädchen ist bei ihr.«

… wenn sich der Angeklagte zur Zeit der Tat in einem Zustande von Verwirrtheit befand

oder wenn er dazu durch eine Macht gezwungen wurde, welcher er nicht Widerstand leisten konnte.

Manche Menschen, die er, weil es sein Beruf war, verhaftet hatte, waren von den Gerichten freigesprochen, andere waren verurteilt worden. Manche waren zum Tode verteilt worden, vor allem zu Beginn seiner Karriere, und zwei von ihnen hatten ihn gebeten, der Vollstreckung des Urteils beizuwohnen.

Er hatte ein Medizinstudium begonnen, es aber nach dem Tod seines Vaters wieder aufgeben müssen. Hätte er sich sonst für die Psychiatrie entschieden?

Dann wäre es an ihm gewesen, sich diesem Problem zu widmen.

… wenn sich der Angeklagte zur Zeit der Tat in einem Zustande von Verwirrtheit befand …

Vielleicht bedauerte er jetzt den Abbruch seines Studiums nicht mehr so sehr. So musste er nicht entscheiden.

Parendon erhob sich, ging zögernd und ungelenk auf ihn zu und reichte ihm seine kleine Hand.

»Ich …«

Die Stimme versagte ihm. Schweigend drückten

sie sich die Hand und blickten einander an. Dann ging Maigret zur Tür und schloss sie, ohne sich noch einmal umzudrehen.

Zu seiner Überraschung sah er Lucas und Torrence an der Wohnungstür. Lucas wies mit den Augen in Richtung Salon und Maigret wurde klar, warum er seinen Posten im Flur verlassen hatte.

Madame Parendon stand in einem hellen Kostüm, mit weißem Hut und weißen Handschuhen inmitten des großen Raums. Hinter ihr wartete Lise, einen Koffer in der Hand.

»Steigt schon mal in den Wagen, und wartet auf mich.«

Er würde den Zeremonienmeister geben, und er wusste, dass er mit Grauen an diesen Augenblick zurückdenken würde.

Er trat zu Madame Parendon, verbeugte sich leicht, und sie sagte in ungezwungenem, natürlichem Ton:

»Ich komme.«

Lise begleitete sie zum Fahrstuhl. Der Chauffeur kam herbeigeeilt, um die Autotür zu öffnen, und sah zu seiner Überraschung, dass Maigret nicht hinter seiner Chefin in den Wagen stieg.

Er verstaute den Koffer im Kofferraum.

»Sie fahren Madame Parendon direkt zum Quai des Orfèvres 36, nach der Toreinfahrt geht es links in den Hof.«

»Sehr wohl, Herr Kommissar.«

Maigret wartete, bis der Wagen das Spalier der verwirrten Journalisten und Fotografen passiert hatte, und stieg dann, von ihren Fragen bestürmt, zu Lucas und Torrence in das kleine schwarze Auto der Kriminalpolizei.

»Wird es eine Verhaftung geben, Herr Kommissar?«

»Ich weiß es nicht.«

»Haben Sie den Schuldigen gefunden?«

»Ich weiß es nicht, Kinder ...«

Er war ehrlich. Er dachte an den Artikel 64, eins ums andere fielen ihm die Worte wieder ein, ein jedes erschreckend in seiner Ungenauigkeit.

Die Sonne schien weiter, die Kastanienbäume trieben weiter aus, und die Männer, die vor dem Palast des Staatspräsidenten auf und ab gingen, waren noch dieselben.

Épalinges (Vaud), 30. Januar 1968

DER GANZE SIMENON

Die erste deutschsprachige Gesamtausgabe

DER GANZE MAIGRET

Alle 75 Maigret-Romane und 28 Maigret-Erzählungen bis Herbst 2020. In neuen oder grundlegend revidierten Übersetzungen. Ausgewählte Romane mit Nachworten von Andrea Camilleri, Clemens Meyer, Karl-Heinz Ott, Rüdiger Safranski, Jean-Luc Bannalec und vielen anderen.

DIE GROSSEN ROMANE

Alle 117 großen Romane, einige seit Jahrzehnten endlich wieder lieferbar. Teilweise in neuen oder vollständig revidierten Übersetzungen. Mit Nachworten von Friedrich Ani, John Banville, Julian Barnes, William Boyd, Axel Hacke, Daniel Kehlmann, Martin Mosebach, Joyce Carol Oates und vielen anderen.
Eine Kooperation der Verlage Kampa und Hoffmann und Campe.

AUSSERDEM

Zum ersten Mal alle Erzählungen, viele davon als deutsche Erstveröffentlichungen. Sämtliche literaturkritische Essays und Reportagen in Neuübersetzungen. Die autobiographischen Schriften. Ein Band mit ausgewählten Briefen, zwei Gesprächsbände und vieles mehr.

»Manche fragen mich:
Was soll ich von Simenon lesen? –
Ich antworte: Alles!«
André Gide

DIE MAIGRET-ROMANE IM HERBST 2018

Maigrets Pfeife
Erzählung. Deutsch von Karl-Heinz Ott. Neuübersetzung. Mit einem Nachwort von Karl-Heinz Ott und einer Reminiszenz von Peter Ustinov

Maigret und die junge Tote
Deutsch von Rainer Moritz. Neuübersetzung

Weihnachten bei den Maigrets
Erzählung. Deutsch von Hansjürgen Wille, Barbara Klau und Bahar Avcilar. Grundlegend überarbeitete Übersetzung. Mit einem Nachwort von Dror Mishani

Maigret stellt eine Falle
Deutsch von Hansjürgen Wille, Barbara Klau und Meike Stegkemper. Grundlegend überarbeitete Übersetzung

Maigrets Jugendfreund
Deutsch von Hansjürgen Wille, Barbara Klau und Cornelia Künne. Grundlegend überarbeitete Übersetzung

Mein Freund Maigret
Deutsch von Hansjürgen Wille, Barbara Klau und Bärbel Brands. Grundlegend überarbeitete Übersetzung

Maigret und sein Toter
Deutsch von Hansjürgen Wille, Barbara Klau und Sophia Marzolff. Grundlegend überarbeitete Übersetzung. Mit einem Nachwort von Gert Heidenreich

Maigret im Haus des Richters
Deutsch von Thomas Bodmer. Neuübersetzung

Maigrets Nacht an der Kreuzung
Deutsch von Hansjürgen Wille, Barbara Klau und Bärbel Brands. Grundlegend überarbeitete Übersetzung

Maigret zögert
Deutsch von Hansjürgen Wille, Barbara Klau und Astrid Roth. Grundlegend überarbeitete Übersetzung

Maigret bei den Flamen
Deutsch von Hansjürgen Wille, Barbara Klau und Bärbel Brands. Grundlegend überarbeitete Übersetzung

Maigrets Memoiren
Deutsch von Hansjürgen Wille, Barbara Klau und Bärbel Brands. Grundlegend überarbeitete Übersetzung

KOMMISSAR G7 ERMITTELT
ZUM ERSTEN MAL AUF DEUTSCH

Georges Simenon
Das Rätsel der Maria Galanda
Vier Fälle für Kommissar G7

Erzählungen
Deutsch von Kristian Wachinger
Deutsche Erstausgabe

Bevor Simenon seinen Kommissar Maigret zum Leben erweckte, tastete er sich über eine ganze Reihe von Polizeiinspektoren an den Pfeife rauchenden Kommissar heran. Einer von ihnen: Kommissar G7, dessen hervorstechendes Merkmal seine roten Haare sind. Ihnen verdankt er auch seinen Spitznamen: Seinerzeit erkannte man die Pariser Taxis der Marke G7 an ihren roten Dächern. Der Kommissar selbst fährt einen winzigen, nicht ganz regenfesten Citroën 5 CV. G7 ist schüchtern und wohlerzogen; wenn es mit den Ermittlungen nicht vorangeht, kann er aber auch ruppig werden. In *Das Rätsel der Maria Galanda* zeigt er seine weiche Seite: Als er sich in die Verdächtige verliebt, quittiert er den Polizeidienst und macht sich als Detektiv selbstständig. Von wem wir das alles wissen? Von einem gewissen Georges Sim, einem jungen Schriftsteller, der den Kommissar begleitet, um etwas über die Polizeiarbeit zu lernen.

Diese frühen, erstmals auf Deutsch vorliegenden Erzählungen Simenons sind viel mehr als nur Fingerübungen. Die typische Maigret-Atmosphäre ist bereits spürbar. Und mit Paris, der Insel Porquerolles, den Häfen der Normandie und den verschlafenen Dörfern der Provinz ist G7 schon an den Orten unterwegs, an denen später Maigret ermittelt.

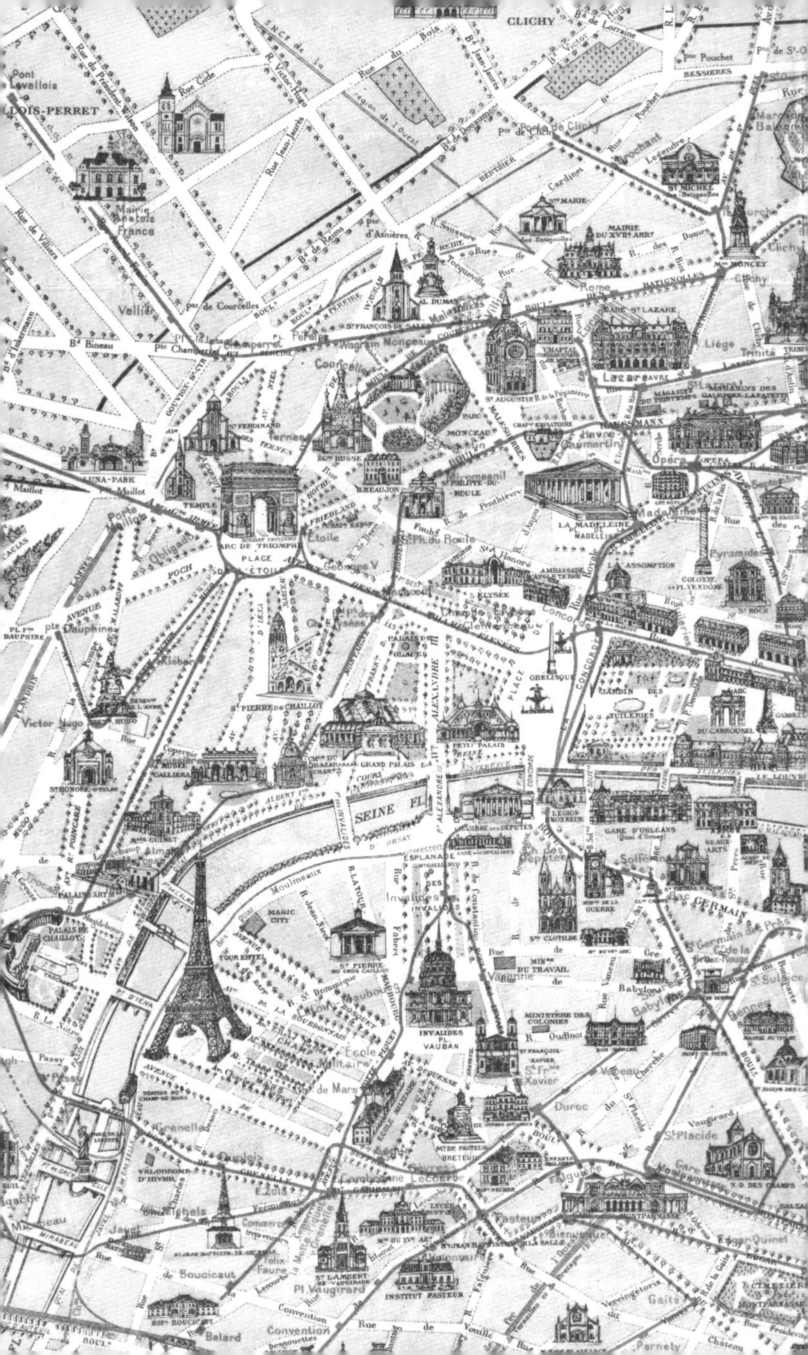

CLICHY
Pont Levallois
LOIS-PERRET
Rue Gide
Rue du Président Wilson
Rue de Villiers
Mairie Anatole France
Villiers
Pte de Courcelles
Bd Bineau
Pte Champerret
Champerret
Rue Victor-Hugo
Rue Jean-Jaurès
Bd de Reims
Pte d'Asnières
Rue du Bois
région de l'Ouest
Bd de Douaumont
Pte de Clichy
Porte de Clichy
BERTHIER
Rue Cardinet
Brochant
Legendre
ST MICHEL des Batignolles
STE MARIE des Batignolles
MAIRIE DU XVIIe ARRt
R. des Dames
BATIGNOLLES
Mal MONCEY
Clichy
Pte Pouchet
BESSIERES
Bd de Lorraine
Rome
Europe
GARE ST LAZARE
Liège
Trinité
Lazare
HAVRE
MAGASINS DU PRINTEMPS
MAGASINS DES GALERIES LAFAYETTE
HAUSSMANN
Opéra
OPERA
Madeleine
LA MADELEINE
R. de la Paix
Pyramides
COLONNE PL. VENDOME
ST ROCH
L'ASSOMPTION
Rue Royale
CONCORDE
OBELISQUE
PLACE
JARDIN DES TUILERIES
ARC DU CARROUSEL
LE LOUVRE
Rivoli
Tuileries
AMBASSADE D'ANGLETERRE
St Honoré
ELYSÉE
Champs Elysées
Clemenceau
Concorde
ST AUGUSTIN
R. de la Pépinière
CHAPELLE EXPIATOIRE
CHAPTAL
St Lazare
MALESHERBES
PARC MONCEAU
Monceau
Villiers
Malesherbes
Wagram
Courcelles
Pereire
ST FRANÇOIS DE SALES
AL. DUMAS
ST PHILIPPE DU ROULE
St Ph. du Roule
R. de Penthièvre
Miromesnil
ST FERDINAND
Ternes
ÉGse RUSSE
H. BEAUJON
LUNA-PARK
Pte Maillot
Porte Maillot
Maillot
TEMPLE
ARC DE TRIOMPHE
SOLDAT INCONNU
PLACE ÉTOILE
Étoile
FRIEDLAND
Georges V
Obligado
FOCH
AVENUE
Pte Dauphine
PL. Pte DAUPHINE
Pompe
Kléber
Victor Hugo
ST HONORÉ D'EYLAU
Copernic
MUSÉE GALLIERA
MUSÉE GUIMET
St PIERRE DE CHAILLOT
GRAND PALAIS
PETIT PALAIS
ALEXANDRE III
COURS LA REINE
SEINE
Pt ALEXANDRE III
Pt des INVALIDES
ALBERT Ier
D'ORSAY
LEGION D'HONNEUR
CHAMBRE DES DÉPUTÉS
GARE DES INVALIDES
ESPLANADE DES INVALIDES
Invalides
GARE D'ORLEANS (Quai d'Orsay)
BEAUX-ARTS
Solférino
MINre DE LA GUERRE
STE CLOTILDE
Bac
GERMAIN
St Germain des Prés
Croix-Rouge
St Sulpice
Rennes
Bonaparte
R. de Grenelle
Rue de Varenne
Babylone
Sèvres
BON MARCHÉ
R. Oudinot
MINISTERE DES COLONIES
MINre DU TRAVAIL
INVALIDES PL. VAUBAN
ST FRANÇOIS XAVIER
St Fr. Xavier
Vaneau
Duroc
St Placide
Vaugirard
N.-D. DES CHAMPS
Gare Montparnasse
MONTPARNASSE
Edgar-Quinet
CIMETIERE MONTPARNASSE
Gaîté
Vercingétorix
Pasteur
Falguière
INSTITUT PASTEUR
ST LAMBERT DE VAUGIRARD
Pl. Vaugirard
MTre DU XVe ARRt
LYCÉE BUFFON
Lecourbe
Cambronne
GARIBALDI
Ségur
Mt DE PASTEUR
BRETEUIL
ÉCOLE MILITAIRE
DUQUESNE
Champ de Mars
Ecole Militaire
DE LA BOURDONNAIS
R. St Dominique
ST PIERRE DU GROS CAILLOU
R. Jean Nicot
MAGIC CITY
Moulmeaux
R. LATOUR
TOUR EIFFEL
PALAIS DE CHAILLOT
TROCADERO
PT D'IÉNA
R. Le Nôtre
Passy
Pt DE GRENELLE
Pt MIRABEAU
STATUE DE LA LIBERTÉ
Grenelle
Dupleix
VELODROME D'HIVER
Charles Michels
Javel
Commerce
E. Zola
Félix Faure
Convention
de Boucicaut
Balard
HOPl BOUCICAUT
La Motte Picquet
Vouillé
Parnety
Château